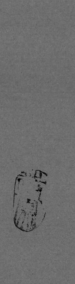

장호병 수필론집

글, 맛있게 쓰기 (1)

국립중앙도서관 출판시도서목록(CIP)

> 글, 맛있게 쓰기(1) : 장호병 수필론집 / 글쓴이: 장호병. — 서울
> : 북랜드, 2014
>   p.272 ; 152×224cm
> ISBN 978-89-7787-627-9 03810 : ₩18000
> 한국 현대 수필[韓國現代隨筆]
> 802.4-KDC5
> 808.4-DDC21   CIP2014034410

장호병 수필론집

글, 맛있게 쓰기 (1)

인쇄| 2014년 11월 10일
발행| 2014년 11월 20일

글쓴이| 장호병
펴낸이| 장호병
펴낸곳| 북랜드
       135-936 서울 강남구 강남대로 320 황하빌딩 1108호
       대표전화 (02) 732-4574 | (053) 252-9114
       팩시밀리 (02) 734-4574 | (053) 252-9334

등록일| 1999년 11월 11일
등록번호| 제13-615호
홈페이지| www.bookland.co.kr
이-메일| bookland@hanmail.net

책임편집| 김인옥
영   업| 최성진

ISBN 978-89-7787-627-9 03810

값 18,000 원

장호병 수필론집

글, 맛있게 쓰기

북랜드

글쓰기에 대한 아포리즘

삶이 구슬이라면,

글쓰기는 이를 꿰는 일

웃음이든

눈물이든

그대의 삶 하나하나는 구슬

구슬이 서 말이라도 꿰어야 보배이듯

그대의 삶도 의미의 실로 꿰시라.

갑오년 만추

장호병

차례

머리말 / 글쓰기에 대한 아포리즘

문학 커뮤니케이션

① 무슨 말을 해야 될지 모르겠다고?
두 줄로 시작하는 수필 쓰기 _ 10

② '붓 가는 대로'의 참뜻
동생은 수영도 못하고, 자전거도 탈 수 없어요 _ 23

③ 불완전한 체험, 불완전한 언어, 불완전한 커뮤니케이션
차라리 침묵이…… _ 46

④ 마술적 생각, 해석을 통한 의미 구성(1)
원화(₩)나 빈자의 돈은 왜 오래 가지 않는가 _ 54

⑤ 마술적 생각, 해석을 통한 의미 구성(2)
36.5미터의 웨딩드레스 _ 63

⑥ 세상 읽기, 의미의 구성과 조합
맥도날드를 위협하는 업종은? _ 70

⑦ 요셉효과 vs 노아효과
지폐의 날 위에 동전을 앉힐 수 있을까 _ 77

⑧ 체험과 해석

반전의 발견과 그 묘미 _ 84

⑨ 깨달음에 이르게 하는 글쓰기

생물, '진화하는 글' 쓰기 _ 90

⑩ 마중물 : 당의 입히기

일기예보는 왜 빗나가는가 _ 97

주제를 향하여 _ 100

체험 밖에서 글쓰기

① 언어의 유희와 사유의 확장

'삶은 계란'을 영어로는? _ 106

② 체험 밖에서 수필 쓰기

Life is from B to D _ 113

③ 영양괘각(羚羊掛角), 말 속에 갇히지 않다

보물찾기 혹은 숨바꼭질 _ 121

④ 모국어 사랑

한국인, 한국어 _ 129

⑤ 모국어를 가르쳐야 하는 어머니

우리는 모국인인가 _ 133

산문, 문학의 옷을 입다

밥을 지으랴, 술을 빚으랴 _ 140

신변잡사에서 건지는 예술작품 _ 155

글의 방향타, 서두 _ 163

'봄'에서 배우는 글쓰기 _ 184

신비와 이치의 접목 _ 188

선명한 배경으로 글맛 키우기 _ 196

무한 기억저장소, 인드라넷 자극하기 _ 202

당신은 이미 작가

나를 찾아 떠나는 여행 _ 212

나는 쓴다, 고로 존재한다 _ 221

입문자를 위한 글쓰기 12계명 _ 230

覺之者 不如行之者 _ 244

깨달음을 실천하는 문학 _ 247

함께 가는 길 _ 250

왜 초심이어야 하는가 _ 253

춘래불사춘 _ 256

몸이 시키는 대로 쓰다 _ 260

수필인구의 팽창, 어떻게 볼 것인가 _ 265

문학 커뮤니케이션

1 무슨 말을 해야 될지 모르겠다고?
두 줄로 시작하는 수필 쓰기

작가에게 있어서 쓴다는 것은 스스로 택한 형극의 길이기도 하지만, 세상에서 가장 값진 영적 사치를 누리는 일입니다.

이 상반되는 형극과 사치! 어느 하나도 작가의 신념을 떠날 수는 없습니다. 그 신념이 언어를 통해 표현되고, 인간생활에 투영될 때 작가는 보람을 느낍니다. 하지만 의욕이 앞서거나 스스로 도취되어 정작 자신의 신념을 제대로 드러내지 못한 채 주제에서 벗어나거나 흐지부지되는 경우를 자주 봅니다.

독자들이 금쪽같은 시간을 투자하여 읽었건만 무엇을 이야기하고자 썼는지 모르겠다고 불평했어야 되겠습니까.

흔히 수필에서 '붓 가는 대로' '무형식의 형식'을 이야기하지만 이는 어디까지나 글쓰기가 몸에 밴 노련한 작가들의 경우입니다. 자동차 바퀴의 궤적에 신경을 쓰지 않아도 자동차가 제 갈 길을 가기까지는 운전자에게 많은 숙련이 요구됩니다. 글쓰기 역시 그만큼 숙련이 된 연후라면 '붓 가는 대로'의 운필이 가능할 것입니다.

'붓 가는 대로' 쓴다 하더라도 주제를 벗어나지 않는 방법은 없을까요.

수필이 예술의 하위 범주인 문학이라면 형식이 없을 수 없습니다.

학문적 글쓰기가 서론 본론 결론의 3단 구성이라면, 문학적 글쓰기는 깨달음에서 출발하기에 대부분의 경우 기승전결의 4단 구성을 취합니다. 즉 문학적 글쓰기에서는 결론에 이미 반전이 포함되어 있다고 볼 수 있습니다.

> 태산이 높다 하되 하늘 아래 뫼이로다.
> 오르고 또 오르면 못 오를 리 없건마는
> 사람이 제 아니 오르고 뫼만 높다 하더라.

양사언의 위 시조를 다음과 같이 재구성해봅니다.

> 사람이 제 아니 오르고 뫼만 높다 하더라.
> 오르고 또 오르면 못 오를 리 없건마는 태산이 높아 봤자 하늘 아래 뫼이로다.

이처럼 역으로 읽어도 주제에서 벗어나지 않는 것은, 즉 작가가 하고자 하는 두 마디는 결국 명제는 달랐지만 같은 진술이 되기 때문입니다.

1) 글감에서 주제 추출하기

주제는 정해지지 않았지만 글감이 정해진 경우입니다. 우선 글감에 대한 생각들을 무작위로 나열하여 봅니다. 이 생각들을 화소로 하여 이야기를 구성하다보면 뜻하지 않았던 좋은 생각을 끌어오기도 합니다. 하느님이나 조물주도 어찌할 수 없을 만큼 완벽하게 구성하였다면 이는 곧 천기에 가까워질 것입니다.

최근 스토리텔링의 중요성이 회자되고 있습니다. 스토리를 통하여 의미를 보여주고, 이 의미는 무시무시한 즉 천기에 버금가는 막강한 힘을 통하여 사람들로 하여금 어떤 액션을 유발하게 만듭니다.

일본 아오모리(靑森)현은 일본 사과 생산량의 절반 가까이를 차지하는 사과 산지로 이름난 곳입니다. 20여 년 전 태풍으로 대부분의 농장에서 낙과피해를 입게 되었습니다. 더 이상 재기할 수 없는 암담한 현실 앞에서 한 농부의 창의적 아이디어로 오히려 태풍 때문에 오히려 아오모리현의 사과는 전국에 유명세를 떨쳤을 뿐만 아니라 소득도 크게 올린 적이 있습니다.

　초토화된 사과밭에서 그래도 몇 개는 온전한 채로 남아 있었습니다. 농부들은 이를 '떨어지지 않는 사과'로 명명하였습니다. 수험생들에게 이보다 더 큰 선물이 있겠습니까. 이처럼 스토리를 입힘으로써 의미가 생산되고, 의미는 폭발적인 힘을 발휘하였습니다.

　아마도 아오모리 지방의 농부들은 '태풍'과 '사과'라는 두 개의 화소에서 '태풍 피해 앞에서 주저앉을 것이 아니라 다시 일어서겠다'가 발등의 불이었을 것입니다. '선물' '입시' '떨어지지 않는' 등의 화소를 추가하여 갔을 것입니다.

화소수	연결 가능 스토리 수
2	1
3	3
4	6
5	10
6	15
7	21
8	28

화소수 n일 때, 화소의 수가 하나 증가하면 구성 가능한 스토리는 n개씩 늘어나는 것을 볼 수 있습니다.

　글쓰기는 설명하는 것이 아니라 보여주는 것입니다. 글감이 먼저 주어졌다면 그 글감과 관련한 생각들을 일단 나열하는 것이 중요합니다. 이러한 화소들 중에서 작가가 실로 말하고자 하는 두 마디를 골라서 하나는 서두로, 또 다른 하나는 결미로 합니다. 그리고 나머지 화소들은 이 두 마디 말을 연결하는 스토리 구성의 자료로 쓰고, 쓸모없는 것들은 버리면 됩니다.

오늘은 아내가 없이 밥을 먹네 / 된장을 끓이고 오래된 반찬을 내놓고 / 아이들과 둘러앉아 삼겹살을 굽네 / 집나간 아내를 욕하면서 걱정하면서

결혼은 삼겹살을 굽는 것이네 / 타지 않게 골고루 잘 익혀야 하는 것이네 / 너무 높지도 낮지도 않게 불꽃을 조절하고 / 알맞게 익도록 방심하지 않는 것이네

결혼은 된장국을 끓이는 것이네 / 알맞은 양을 물에 풀고 / 양념을 넣고 자꾸자꾸 간을 보는 것이네 / 된장과 양념의 조화를 맞추는 것이네

그걸 몰라서 아내가 없이 밥을 먹네 / 된장을 끓이고 오래된 반찬을 내놓고 / 아이들과 둘러앉아 삼겹살을 굽네 / 집나간 아내를 욕하면서 걱정하면서.

— 공광규, 「부부론」

작가는 밥에 대한 생각들을 나열하다가 문득 아내 없이 밥 먹는 광경을 떠올렸습니다. 밥에 대한 숱한 생각들이 떠올랐겠지만 주제를 향하여 달리는 화소 외는 모두 과감하게 버렸습니다. 된장 끓이

고, 아이들과 삼겹살 구워가면서 밥을 먹지만 그 밥이 맛있을 리 만무합니다. 결혼생활은 어떻게 해야 한다고 가르쳐주는 것이 아니라 이처럼 보여주는 것입니다. 1,4연의 수미상응도 눈여겨볼 일입니다.

2) 주제가 정해진 경우

나도향의 「그믐달」을 예로 들어봅니다. 작가는,

> 나는 그믐달을 몹시 사랑한다.(a=b)
>
> 그믐달 같은 여자로 태어나고 싶다. (A=B)

고 했다. 심중의 두 마디 중 어느 이야기를 전제로 하고, 어느 쪽을 결론으로 취하는 것이 좋을까요.

그믐달을 사랑하니, 그믐달 같은 여자로 태어나고 싶은가. 아니면 그믐달 같은 여자로 태어나고 싶으니 그믐달을 몹시 사랑하는가? 아무래도 전자의 흐름이 좋을 것 같습니다.

그믐달을 사랑하게 된 연유로는

1. 요염하지만 가슴이 저리고 쓰리도록 가련해서
2. 애처롭게 쓰러지는 원부(怨婦)와 같이 애절하고 애절해서
3. 애인을 잃고 쫓겨남을 당한 공주와 같아서

4. 보는 이가 적어 청상(靑孀)과 같아서

5. 공중에서 번듯 하는 날카로운 비수와 같이 푸른빛이 있어 보여서

등을 끌어 옴으로써 그믐달을 사랑하고 있음을 보여줍니다. 즉 내가 그믐달을 사랑하니까 그믐달 같은 여자로 태어나고 싶을 수밖에 없는 당위를 피력하여야 합니다. 어느 누구도 반작용을 불러일으킬 수 없는 완벽한 구조를 취한다면 이는 곧 천기라 해도 좋습니다.

마지막으로 여자로 태어날 수만 있다면, 그믐달 같은 여자로 태어나고 싶다(결론 : A′=B′의 재구성)면서 앞에서 전제한 말에 힘을 싣습니다. 즉 전제(a=b)와 결론(A=B)은 표현이 다를 뿐 수미상응으로 같은 맥락이 됩니다.

다음은 두 문장으로 부족하다고 여겨질 때는 두 개의 단락으로 이야기하고 이 중 하나는 ㉠ 서두 단락으로, 다른 하나는 ㉡ 결미 단락으로 보내는 방법도 유용합니다. 그리고 독자로 하여금 ㉠ 서두에서 ㉡ 결미에 이를 수 있도록 설명하는 것이 아니라 완벽하게 보여주기 위하여 작가는 굳이 세 개의 액자를 제시하였습니다.

기 ㉠ 먹을 만큼 살게 되면 지난날의 가난을 잊어버리는 것이 인지상정(人之常情)인가 보다. 가난은 결코 환영(歡迎)할 것이

못 되니, 빨리 잊을수록 좋은 것일지도 모른다. 그러나 가난하고 어려웠던 생활에도 아침 이슬같이 반짝이는 아름다운 회상(回想)이 있다. 여기에 적는 세 쌍의 가난한 부부(夫婦) 이야기는, 이미 지나간 옛날이야기지만, 내게 언제나 새로운 감동(感動)을 안겨다 주는 실화(實話)들이다.

승1 ① 그들은 가난한 신혼 부부(新婚夫婦)였다. 보통(普通)의 경우(境遇)라면, 남편이 직장(職場)으로 나가고 아내는 집에서 살림을 하겠지만, 그들은 반대(反對)였다. 남편은 실직(失職)으로 집 안에 있고, 아내는 집에서 가까운 어느 회사(會社)에 다니고 있었다.

어느 날 아침, 쌀이 떨어져서 아내는 아침을 굶고 출근(出勤)했다.

"어떻게든지 변통을 해서 점심을 지어 놓을 테니, 그때까지만 참으오."

출근하는 아내에게 남편은 이렇게 말했다. 마침내 점심 시간이 되어서 아내가 집에 돌아와 보니, 남편은 보이지 않고, 방안에는 신문지로 덮인 밥상이 놓여 있었다. 아내는 조용히 신문지를 걷었다. 따뜻한 밥 한 그릇과 간장 한 종지…… 쌀은 어떻게 구했지만, 찬까지는 마련할 수 없었던 모양이다. 아내는 수저를 들려고 하다가 문득 상위에 놓인 쪽지를 보았다.

"왕후(王侯)의 밥, 걸인(乞人)의 찬……. 이걸로 우선 시장기만 속여 두오."

낯익은 남편의 글씨였다. 순간(瞬間), 아내는 눈물이 핑 돌았다. 왕후가 된 것보다도 행복(幸福)했다. 만금(萬金)을 주고도 살 수 없는 행복감(幸福感)에 가슴이 부풀었다.

승2 ② 다음은 어느 시인(詩人) 내외의 젊은 시절(時節) 이야기다. 역시 가난한 부부였다.

어느 날 아침, 남편은 세수를 하고 들어와 아침상을 기다리고 있었다. 그 때, 시인의 아내가 쟁반에다 삶은 고구마 몇 개를 담아 들고 들어왔다.

"햇고구마가 하도 맛있다고 아랫집에서 그러기에 우리도 좀 사 왔어요. 맛이나 보셔요."

남편은 본래 고구마를 좋아하지도 않는데다가 식전(食前)에 그런 것을 먹는 게 부담(負擔)스럽게 느껴졌지만, 아내를 대접(待接)하는 뜻에서 그 중 제일 작은 놈을 하나 골라 먹었다. 그리고, 쟁반 위에 함께 놓인 홍차(紅茶)를 들었다.

"하나면 정이 안 간대요. 한 개만 더 드셔요."

아내는 웃으면서 또 이렇게 권했다. 남편은 마지못해 또 한 개를

집었다. 어느 새 밖에 나갈 시간이 가까워졌다. 남편은

"인제 나가 봐야겠소. 밥상을 들여요."

하고 재촉했다.

"지금 잡숫고 있잖아요. 이 고구마가 오늘 우리 아침밥이어요."

"뭐요?"

남편은 비로소 집에 쌀이 떨어진 줄을 알고, 무안(無顏)하고 미안(未安)한 생각에 얼굴이 화끈했다.

"쌀이 없으면 없다고 왜 좀 미리 말을 못 하는 거요? 사내 봉변(逢變)을 시켜도 유분수(有分數)지."

뿌루퉁해서 한 마디 쏘아붙이자, 아내가 대답했다.

"저의 작은아버님이 장관(長官)이셔요. 어디를 가면 쌀 한 가마가 없겠어요? 하지만 긴긴 인생(人生)에 이런 일도 있어야 늙어서 얘깃거리가 되잖아요."

잔잔한 미소(微笑)를 지으면서 이렇게 말하는 아내 앞에, 남편은 묵연(默然)할 수밖에 없었다. 그러면서도 가슴속에는 형언(形言) 못 할 행복감이 밀물처럼 밀려 왔다.

승3 ③ 다음은 어느 중로(中老)의 여인(女人)에게서 들은 이야기다. 여인이 젊었을 때였다. 남편이 거듭 사업(事業)에 실패(失敗)하자, 이들 내외는 갑자기 가난 속에 빠지고 말았다.

남편은 다시 일어나 사과 장사를 시작했다. 서울에서 사과를 싣고 춘천(春川)에 갔다 넘기면 다소의 이윤(利潤)이 생겼다.

그런데 한 번은, 춘천으로 떠난 남편이 이틀이 되고 사흘이 되어도 돌아오지를 않았다. 제 날로 돌아오기는 어렵지만, 이틀째에는 틀림없이 돌아오는 남편이었다. 아내는 기다리다 못해 닷새째 되는 날 남편을 찾아 춘천으로 떠났다.

"춘천에만 닿으면 만나려니 했지요. 춘천을 손바닥만하게 알았나 봐요. 정말 막막하더군요. 하는 수 없이 여관(旅館)을 뒤졌지요. 여관이란 여관은 모조리 다 뒤졌지만, 그이는 없었어요. 하룻밤을 여관에서 뜬눈으로 새웠지요. 이튿날 아침, 문득 그이의 친한 친구 한 분이 도청(道廳)에 계시다는 것이 생각나서, 그분을 찾아 나섰지요. 가는 길에 혹시나 하고 정거장(停車場)에 들러 봤더니……."

매표구(賣票口) 앞에 늘어선 줄 속에 남편이 서 있었다. 아내는 너무 반갑고 원망(怨望)스러워 말이 나오지 않았다.

트럭에다 사과를 싣고 춘천으로 떠난 남편은, 가는 길에 사람을 몇 태웠다고 했다. 그들이 사과 가마니를 깔고 앉는 바람에 사과가 상해서 제 값을 받을 수 없었다. 남편은 도저히 손해(損害)를 보아서는 안 될 처지(處地)였기에 친구의 집에 기숙(寄宿)을 하면서, 시장 옆에 자리를 구해 사과 소매(小賣)를 시작했다. 그래서 어젯

밤 늦게서야 겨우 다 팔 수 있었다는 것이다. 전보(電報)도 옳게 제 구실을 하지 못하던 8.15 직후였으니…….

함께 춘천을 떠나 서울로 향하는 차 속에서 남편은 아내의 손을 꼭 쥐었다. 그 때만 해도 세 시간 남아 걸리던 경춘선(京春線), 남편은 한 번도 그 손을 놓지 않았다. 아내는 한 손을 맡긴 채 너무도 행복해서 그저 황홀에 잠길 뿐이었다.

그 남편은 그러나 6.25 때 죽었다고 한다. 여인은 어린 자녀(子女)들을 이끌고 모진 세파(世波)와 싸우지 않으면 안 되었다.

"이제 아이들도 다 커서 대학엘 다니고 있으니, 그이에게 조금은 면목(面目)이 선 것도 같아요. 제가 지금까지 살아 올 수 있었던 것은, 춘천서 서울까지 제 손을 놓지 않았던 그이의 손길, 그것 때문일지도 모르지요."

여인은 조용히 웃으면서 이렇게 말을 맺었다.

전+결 ⓛ 지난날의 가난은 잊지 않는 게 좋겠다. 더구나 그 속에 빛나던 사랑만은 잊지 말아야겠다. "행복은 반드시 부(富)와 일치(一致)하진 않는다."는 말은 결코 진부(陳腐)한 일편(一片)의 경구(警句)만은 아니다.

— 김소운, 「가난한 날의 행복」

3) 완벽한 주제 구현

　글을 쓰기에 앞서 작가가 명심할 일은 주제를 부각시키는 일입니다. 우선 당신이 꼭히 들려주고 싶은 이야기를 두 마디로 요약해봅니다. 한 마디는 전제인 서론으로, 남은 한 마디는 결론으로 취하여 전개한다면 글쓰기에서 실패는 면할 것입니다.

　전제에서 결론에 이르기까지의 스토리 구성은 결국 주제 구현에 이바지할 수 있는 화소들을 가장 효과적으로 연결하는 일입니다. 하늘의 이치를 담을 만큼 완벽하다면 이는 곧 천기에 버금간다 해도 좋을 것입니다.

② '붓 가는 대로'의 참뜻
동생은 수영도 못하고, 자전거도 탈 수 없어요

1. 들어가는 말

누구나 수필을 쓸 수 있습니다. 그러나 아무나 수필가가 될 수는 없습니다. 시나 소설의 경우라고 예외가 아닙니다. 작가로서의 재능을 가진 사람이라 할지라도 작가가 되려는 노력이나 열정 없이는 작가가 될 수 없다는 말입니다. 즉 재질이나 노력 어느 하나만으로는 작가가 될 수 없습니다.

시나 소설은 아무나 붓 가는 대로 써서는 아니 되고 유독 수필은 '누구나, 붓 가는 대로 써도 되는 글'이라는 생각은 어디서 나왔을까. 일기나 서간, 기행문, 독후감, 논설문에 이르기까지 형식에 구애되지 않는 산문양식이 수필이라면서 굳이 '청춘의 글이 아니라 서른여섯 살 중년 고개를 넘어선 사람의 글'로 가닥을 잡는 이율배반은 또 무엇입니까.

수필이란 자의적 해석 때문이든, 금아 피천득의 「수필」과 이산 김광섭의 「수필문학소고」가 교과서에서 이 땅의 문인은 물론 대다수 국민들을 세뇌한 탓이든 '붓 가는 대로'는 시대가 바뀐 만큼 진의는 말 밖에서 찾아야 할 것입니다.

최근 컴퓨터와 인터넷의 등장으로 누구나 글을 쓰고(anybody writing) 발표할 수 있는 환경이 되었습니다. 이에 힘입어 문학계에서 시와 수필 인구의 저변은 눈에 띄게 늘어났습니다. 또 주변의 지인이 작가로 등단하는 데 크게 자극 받은 중·노년 세대들이 일단은 '누구나' '붓 가는 대로' '자유로운 형식'에 고무되어 문학청년의 꿈을 이루는 경우가 많습니다.

또 이제까지 학교 교육에서 상대적으로 소홀히 다뤘던 수필 창작에 대한 관심을 반영이라도 하듯 수필 강좌가 성행하고 있으며, 수필 문단에 입문하는 연령층은 젊어지고 있는 추세입니다.

수필은 일기나 편지, 독후감, 기행문, 칼럼 등의 형식으로 쓸 수 있다에서 이 같은 유의 기록적 산문을 다 포함한다는 생각으로의 비약은 '붓 가는 대로'에서 연유되었을 것입니다. 형식 없는 문학이나 예술은 없습니다. 글자 수에 유의하여 적당히 행을 구분하여 적었다고 다 정형시가 될 수 없듯이 문학이나 예술 작품은 겉으로 드러나는 형식과 내재하는 형식이 공존합니다. 무형식이라는 수필에서도 내재하는 창작의 틀은 요구되어집니다.

'난을 치는 데 법은 없다. 그러나 법이 없지는 않다(寫蘭有法不可 無法亦不可)'는 완당의 말처럼 수필 쓰기의 방법도 난 치는 법과 다르지 않습니다.

수필은 지식으로 독자를 설득하는 글이라기보다는 우선 작가 자신이 깨닫는 데서 출발한다고 해도 과언이 아닙니다. 체험으로부터 얻은 감동의 발견은 수필 창작의 씨앗에 지나지 않습니다. 감동은 순간이기 때문에 작품으로 구체화하는 과정에서 시간이 흘러도 변치 않도록 하자면 수필가는 모름지기 그 과정의 고통을 오히려 즐길 수 있어야 합니다.

이 글은 수필가가 되려는 분들에게 '붓 가는 대로'에 대한 그릇된 이해를 바로잡고 커뮤니케이션 면에서 수필창작의 원리에 대해 이야기하고자 합니다.

2. 수필의 커뮤니케이션 원리

수필은 작가가 펼치는 독자를 향한 설득 커뮤니케이션의 한 양식입니다. 일반적인 대화에서조차도 화자는 자신이 전달하고자 의도하는 내용의 문맥, 접촉 경로, 전달 방법, 사회·문화적 배경 등을 세심하게 배려하여 효과를 점검하고 단계별 피드백을 시도하기도 합니다.

특히 글쓰기에서 작가와 독자 사이에 존재하는 시간과 공간은 말할 때처럼 현장 중심이 아니라 비껴간 시간과 틀어진 공간에서 메시지를 문학적 텍스트로 재현하기 때문에 왜곡이나 브레이크다운이 일어나기 쉽습니다.

맥락(context)
메시지(message)

송신자, 작가 ──────────────→ 수신자, 독자
(speaker, writer)   접촉, 매체(contact, medium)   (audience, reader)
약호(code)

효과적인 소통을 이끌어내기 위해서는 '있는 대로' 전할 것인가, '보이는 대로' 전할 것인가, 아니면 '보이도록' 전해야 할 것인지를 작가는 염두에 두어야 합니다.[1] 예술이라는 표현 기능은 근본적으로 재현이기 때문에 작가로서는 메시지를 완전히 체득하고 있다할지라도 재현하려는 의미는 감상자에게 해독해야 할 또 다른 암호가 되기도 합니다.

───────────

1) 자전거를 그릴 때 도면으로서의 기능을 가질 수 있게 하자면 당연히 '있는 대로'이다. 평면도나 정면도, 측면도와 같이 정확한 정보 위주로 표현한다. '보이는 대로'는 독자가 느낄 수 있게 원근법과 달리는 바퀴살의 느낌까지도 나타낸다. '보이도록'은 작가의 인상이나 심리적 반응까지도 반영하여 주관적 생각을 표현한다.

1) 전달하려는 의미는 어디에 있는가

다음 그림2)은 수염을 멋 있게 기르고 터번을 두른 귀 족의 모습입니다. 이를 거꾸 로 뒤집으면 어떤 모습이 될 까요. 뿔 달린 악마이거나 죽음을 나타내는 해골의 형 상이 나타납니다. 동일한 그 림이지만 보는 방향에 따라 전혀 딴 의미를 생성합니다. 어디 이뿐이겠습니까. 똑  같은 동그라미라도 농구코트를 배경으로 하고 있으면 농구공으로, 운동장에서 움직이는 사람들 사이에 그려져 있다면 우리는 축구공 으로 인식할 것이고, 하늘에 그려져 있다면 해나 달로 받아들입니다.

의미는 원이나 그림 자체가 아니라 우리의 머릿속에서 구성되어 진다는 것을 알 수 있습니다. 보는 사람의 시점, 배경 지식, 소속 집단 과 문화에 따라 의미는 달리 구성됩니다. 개가 반갑다고 꼬리를 들어 올리면 고양이는 싸움을 걸어오는 줄 압니다. 개와 고양이의 사이가

---

2) 〈메멘토 모리(Memento Mori)〉(죽음을 기억하라. 주세페의 그림(1700년경),
   『놀이와 예술 그리고 상상력』(진중권 지음, 서울 : 휴머니스트, 2005)

앙숙의 관계로 남을 수밖에 없는 것은 꼬리를 들어 올리는 행위 자체
보다도 의미를 구성하는 코드가 다르기 때문입니다.

문학의 효용성은 이처럼 현존하는 동일한 사실(fact)에서도 작가
의 시각에 따라 전혀 다른 의미를 생성할 수 있다는 데 있습니다.

2) 수필, 왜 창작인가

자연과 우주 속에 존재하는 모든 개체는 유일자로서 독특한 존재
방식을 취하고 있습니다. 메를로 퐁티는 이 무수한 개체들이 개별적
으로 존재하는 것이 아니라 "각각의 사물은 모든 다른 사물들의 거
울"로서 서로에게 자신을 넘겨주고 받는다고 했습니다.

이들 각각의 개체들이 상호 관련하여 만들어내는 현상들은 무수
히 많은 경우의 수를 이루며, 그 대부분은 우리가 읽을 수 없는 카오
스입니다. 그럼에도 아무런 충돌이나 이탈이 없이 만물은 제 궤도를
가고 있는 것은 카오스의 깊숙한 곳에는 무시무시한 로고스가 자리
하고 있기 때문입니다. 글을 쓴다는 것은 카오스 속의 로고스를 읽어
내는 것입니다.

삼라만상은 자신만의 고유한 존재원리와 삶의 형식으로 개체성을
드러내지만 이들은 서로 유기적인 관계 속에서 개체와 개체, 개체와
전체, 그리고 우주와 상호 소통하면서 현상과 본질이 합일의 구조를
취하는 보편성을 유지하고 있습니다. 같은 종 안에서도 전혀 다른

성격을 나타내는 것이 있나하면, 다른 종끼리도 동일성이나 유사성으로 긴밀한 연결고리를 함께 나누는 것도 있습니다. 자연의 수많은 존재 형식에는 우리가 궁극적으로 추구해야할 보편적 질서와 본성을 내포하고 있습니다. 수필이 허구를 인정하지 않는 체험의 문학, 자기 고백이 짙은 문학이면서도 창작이라 할 수 있는 것은 비유와 상징을 통해 인생의 의미를 문학적 텍스트로 담아내기 때문입니다.

글의 표층에는 작가가 관찰을 통해 얻은 대상 자체의 드러난 모습과 속성을 표현하고 있어도, 글의 심층에 는 심안이나 혜안에 의한 통찰에서 추출한 인생의 의미를 문학적으로 함축할 수 있어야 합니다. 따라서 한 편의 수필 속에는 사실의 전달이나 단순한 기록을 담는 것이 아니라 작가적 고뇌와 깊은 사색을 담아내야 하는 것입니다.

특별한, 드문, 신선한, 재미있는, 혹은 유익한 체험에서 감동을 발견하고 글로 옮겨야겠다는 충동은 누구나 가질 수 있습니다. 이러한 감동은 어디까지나 글감 그 자체이지 수필이 될 수는 없습니다.

그대는 결코 초대받은 적이 없다. 도둑고양이처럼 그녀에게 찾아들었을 뿐이지. 그것은 순전히 우연이 아니던가. 그대가 그녀를 선택하는 데 요모조모 저울질을 해보지는 않았으리라. 그녀가 마음씨 착하고 젊다는 것, 그대를 경계할 틈도 없이 열심히 살았다는 사실이 그대를 받아들여야 할 당위는 아니잖은가.

무례한 그대는 그녀의 젊음과 꿈과 눈물을 양식 삼아 기생하고 있네. 그대는 결코 점령군이 아니야. 빚쟁이처럼 거드름을 피울 권리는 더더구나 없지. 숨죽이고 들어와 신세를 지고 생명을 부지한다면, 오히려 그녀를 상전으로 떠받들어야 하리라. 그리고 끝까지 주인에게 자세를 낮추고 그가 먹다 남기는 여분의 자양으로 그대의 주린 배를 채워야 하리. 그것도 얼마나 분에 넘치는 일인가.

그대도 처음부터 오만방자하지는 않았을 터. 소리 소문 없이 네 발걸음의 아주 낮은 자세로 들어와 살얼음을 딛듯 조심스럽고 송구스러웠으리라. 뿐만 아니라 고통을 줄 수밖에 없는 그대의 운명이 몹시도 원망스러웠으리라.

그대의 주인이 최선을 다한 삶을 사는 동안 그대는 주인의 몸 안에서 무슨 음모를 꾸몄는가. 무너뜨리는 일 외에 그대가 할 일은 정녕 없단 말인가.

그대의 착한 주인은 낯선 침략자를 몰아내고자, 아니 이제는 협상이라도 하고자 더할 수 없는 고통의 시간을 보내고 있다네. 그러나 그대는 떠날 생각이 전혀 없어 야속하구먼.

오히려 적반하장. 무릇 생명 가진 것들은 다 욕심을 부린다고? 무단점령의 시효를 들어 그대의 허욕을 당연한 것으로 여기지는 말라.

그대가 달콤한 과육인 양 파먹고 있는 그녀의 살은 비단 그녀만의 것이 아니잖은가. 그녀를 간절히 필요로 하는 가족이 있다네.

제 살고자 남 해치는 일이 바로 '저 잡이'라는 사실을 왜 모르는가. 그대의 주인이 쇠하는 날, 그대가 지금 누리고 있는 안식도, 공급되는 자양분도 마지막이라는 사실을 잊지 마시게. 그대의 운명도 참으로 딱하구먼.

그대와 그대의 착한 주인은 서로 쓰러뜨려야 할 적이 아니네.

그래서, 그래서 말일세.

그대의 주인이 태만하거나 교만에 빠질 때 따끔하게 일깨워주는 진정한 동반자는 될 수 없겠는가.

그대를 품어 고통의 나날을 보내고 있는 그녀네.

부탁컨대 그대의 주인과 오래 오래 친구 하시게. 그리고 자네는 영롱한 진주로 다시 태어나시게.

― 졸작 「불청객」

생명체들이 삶을 유지해 가는 가장 바람직한 방법은 공생입니다. 암은 자신의 숙주를 무너뜨림으로써 궁극에는 자신까지 파멸의 길을 가야 하는 운명을 지니고 있습니다. 자연 속에 존재하고 있는 대부분의 생명체들이 공생을 위한 상호협력을 하지만 지나친 욕심으로 자신의 먹이사슬을 파괴하여 마침내 지구상에서 사라진 공룡이 잇듯이, 암세포를 반면교사로 삼아 공생의 중요성을 조명합니다.

윤모촌은 자신의 집 수돗가에 날아와 자생한 오동나무와 빈주먹의 자신에게로 시집온 아내를 다음과 같이 비유하였습니다.

내 집 마당가엔 수도전(水道栓)이 있다. 마당이라야 손바닥만 해서 현관에서 옆집 담까지의 거리가 3미터밖에 안 된다. 그 담 밑에 수도전이 있고, 시골 우물가의 정자나무처럼 오동나무 한 그루가 그 옆에 서 있다.

이른 봄 해토(解土)가 되면서부터 가을까지, 이 수돗가에서 아내는 허드렛일을 한다. 한여름에는 온종일 뙤약볕이 내려 적지 않은 고초를 겪어 왔다. 좁은 뜰에 차양을 할 수도 없어서 그럭저럭 지내오던 터에, 몇 해 전 우연히 오동나무 씨가 날아와 떨어져 두 그루가 자생(自生)하였다. 처음에는 어저귀싹 같아서 흔하지도 않은 웬 어저귀인가 하고 뽑아 버리려다가, 풀도 귀해서 내버려두었다. 50센티 가량 자라났을 때야 비로소 오동임을 알았다. 이듬해 봄에 줄기를 도려냈더니 2미터 가량으로 자라, 한 그루는 자식놈 학교에 기념 식수감으로 들려보냈다. 오동은 두어 번쯤 도려내야 줄기가 곧게 솟는다. 이듬해 봄에 또 도려냈더니 3년째에는 훌쩍 솟아나서, 대인(大人)의 풍도(風度)답게 키〔箕〕만큼씩한 큰 잎으로 그늘을 드리우기 시작했다. 올해로 5년째, 그 수세(樹勢)는 대단해서 나무 밑에 서면 하늘이 보이지 않는다.

나무의 위치가 현관에서 꼭 2미터 반 지점에 서 있다. 잎이 무성하면 수돗가는 물론이고, 현관 안 마루에까지 그늘을 드리워 여름 한철의 더위를 한결 덜어준다. 한 가지 번거로움이 있다면, 담을 넘어 이웃으로 벋는 가지를 쳐 주어야 하는 일이다. 더위가 한창인 8월에도 처서(處暑)만 지나면, 가지 밑의 잎들이 떨어져 내린다. 그래서 이웃으로 벋은 가지를 쳐주어야 하는데 그럴 때마다 짐짓 오동나무가 타고난 팔자를 생각하게 된다. 바람을 타고 가던 씨가 좋은 집 뜰을 다 제쳐놓고, 하필이면 왜 내 집 좁은 뜰에 내려와 앉았단 말인가.

한여름 낮, 아내가 수돗가에서 일을 할 때면, 오동나무 그늘에 나앉아 넌지시 얘기를 건넨다. 빈주먹인 내게로 온 아내를 오동나무에 비유하는 것이다.

"오동나무 팔자가 당신 같소. 하필이면 왜 내 집 좁은 뜰에 와 뿌리를 내렸을까."

"그러게 말이오, 오동나무도 기박한 팔자인가 보오. 허지만 오동나무는 그늘을 만들어 남을 즐겁게 해주지요, 우리는 뭐요."

"남에게 덕을 베풀지는 못해도 해는 끼치지 않고 분수대로 살아가는 것이 아니겠소."

구차한 살림 속에서 오동나무의 현덕(玄德)만큼이나 드리워진 아내의 그늘을 의식한다.

이전에 함께 학교에 있었던 S씨의 말이 나이 들수록 가슴으로 젖어든다. 고된 일과를 마치고 막걸리잔을 나누던 자리에서, 그는 찌든 가사(家事) 얘기 끝에 아내의 고마움을 새삼스레 느낀다고 하였다. 여러 자녀를 데리고 곤히 잠들고 있는 주름진 아내를, 밤늦게 책상머리에서 내려다보면 미안한 마음뿐이더라고 했다. 나잇살이나 먹으니 내조(內助)가 어떤 것인가를 알겠더라며 그는 헤식게 웃었다. 진솔(眞率)한 그의 고백이 가슴에 와 닿는 게 있어, 점두(點頭)를 했던 일이 오래 전 일이건만 어제 일 같다.

언젠가 충무로를 걷다가, 길가에 앉아 신기료 장수에게 구두를 고치고 있는 중년 여인을 본 일이 있다. 그 여인상이 머리에서 지워지질 않는다. 거리에서 구두를 고치던 중년이 돋보이는 내 나이—생활이란 것이 무엇인가를 조금은 알 듯하다. 내게로 온 이래 손톱치장 한번 한 일 없이 푸른 세월을 다 보낸 아내를 보면, 살아가는 길이 우연처럼 생각된다. 세사(世事)는 무릇 인연으로 맺어지는 것이라 하던가, 남남끼리 만나 분수대로 인생을 가는 길목에, 오동나무 씨가 날아와 반려가 된 것도 그런 것이라 할까.

좁은 뜰에 나무의 성장이 너무 겁이 나서 가지 끝을 잘라 주었다. 여남은 자 가량으로 키는 머물렀지만, 돋아나온 지엽(枝葉)이 또 무성해서 지붕을 덮는다. 이 오동의 천수(天壽)는 예측할 수 없고, 내가 이 집에 머무는 한은 그늘 덕을 입게 될 것이다. 이사를 하게 되면 벨 생각이지만, 오동은 벨수록 움이 나와 다음 주인에게도 음덕(陰德)을 베풀 것이다.

요새 사람들은 이재(理財)에 밝아 오동을 심지만, 선인(先人)들은 풍류로 오동을 심었다. 잎이 푸를 때는 그늘이 좋고, 낙엽이 지면 빈 가지에 와 걸리는 달이 좋다. 여름엔 비 듣는 소리가 정감을 돋우고, 가을밤엔 잎 떨어지는 소리가 심금을 울린다.

오엽(梧葉)에 지는 빗소리는 미상불 마음에 스민다. 병자호란 때 강화성(江華城)이 떨어지자 자폭한 김상용(金尙容) 그분은, 다시는 잎 넓은 나무를 심지 않겠다 하고, 오엽에 지는 빗소리에 상심(傷心)과 장한(長恨)을 달랬다 한다.

달은 허공에 떠 있는 것보다 나뭇가지에 걸렸을 때가 더 감흥을 돋운다 하였지만, 현관문을 열고 나서면 오동나무에 걸린 달이 바로 이마에 와 닿는다. 빌딩가(街)에 걸린 달은, 도심의 소음 너머로 플라스틱 바가지처럼 보이지만, 내 집 오동나무에 와 걸리면 신화와 동화의 달로 되돌아간다. 그리고 소녀의 감동만큼이나 서정의 초원을 펼쳐 주고, 어린 시절의 고향을 불러다 준다.

선조 때 문신에 오음(梧陰)이라고 호를 가진 분이 있다. 그의 아우 월정(月汀)과 더불어 당대의 명신(名臣)으로 불리던 분이다. 호는 인생관이나 취향에 따라 짓는 것이라 하지만, 아우되는 분의 월정에선 재기가 번득이고 감상적이며, 맑고 가벼운 감이 있으나, 오음에서는 중후하고 소박하고 현묵(玄默)함을 느끼게 한다. 두 분의 성품이 그랬는지는 알 수 없으나 오음 쪽이 깊은 맛이 난다. 내 집 오동나무의 그늘을 따서 나도 오음실 주인(梧陰室主人)쯤으로 당호(堂號)를 삼고 싶지만, 명현(名賢)의 이름이나 호는 함부로 따 쓰는 법이 아니라고 한 할아버지의 지난 날 말씀이 걸려 선뜻 결단을 못하고 있다.

처서까지 오동은 성장을 계속해서, 녹음은 한껏 여물고 짙어진다. 음 7월을 오추(梧秋) 또는 오월(梧月)이라고 부르는 뜻을 알 만하다. 옛부터 오동은 거문고와 가구재(家具材)로 애용되고 있는 것은 누구나가 알고 있는 일이다. 편지에 쓰이는 안하(案下)니 하는 글자 외에도, 책상 옆이라는 뜻으로 오우(梧右) 혹은 오하(梧下)라고 쓰는 것을 보면, 선인들은 으레 책상을 오동으로 짠 것 같다. 동재(桐材)가 마련될 때는 친구에게도 나누어서 필통도 깎고 간찰(簡札) 꽂이도 만들어 볼까 한다.

무료하면 오동나무를 쳐다보게 되고, 그럴 때마다 찌든 내 집에 와 뿌리를 내린 오동나무가 그저 고맙기만 하다.

— 윤모촌, 「오음실 주인(梧陰室 主人)」

'오동나무가 그저 고맙기만 하다'는 작가의 맺음말은 결국 '손톱 치장 한번 한 일 없이 푸른 세월을 다 보낸 아내'여 고맙다가 아니겠습니까.

3) 접근 방법

문학적 접근	학문적 접근
직관적	이론 중심적
상식적	구조적
일상적	체계적
순간의 충동	계획적
선택적(흔히)	객관적
마술적 생각	과학적 생각
때론 틀린 생각	최대한 논리적 생각
개인적 결정에 초점	현실의 지식에 초점

문학은 사실을 논리적으로 증명하는 학문이 아닙니다. 학문이나 과학에서 극복할 수 없는 부분을 문학에서 어떻게 수용해내느냐 하는 문제는 오로지 작가의 능력이라 해도 무방할 것입니다. 하나의 개별적 사실에서 보편성을 읽을 수도 있고, 일반적 현상에서 어떤 특정한 사실을 이끌어낼 수도 있습니다.

4) 세상을 어떻게 읽고 해석할 것인가

수필은 인간 삶에 대한 작가의 해석이요, 의미를 부여하는 인간학이라 할 수 있습니다.

수필을 쓰기 앞서 세상을 바르게 읽고 세상과 소통하는 이치를 깨달을 수 있다면 더할 나위 없이 좋습니다. 이를 위해서는 당연하게 여겼던 사실을 남과 달리 새로운 시각으로 보고, 예전에 간과했던 사실의 이면을 점검해 보고, 대상에 자신을 투사해 보기도 하면서 별개로 보이는 현상들 사이에서의 연관성을 찾아내야 합니다.

세상은 우리에게 어떻게 읽도록 방법을 가르쳐주지는 않습니다. 그리고 그 모습을 쉽게 드러내지도 않습니다. 그러나 이 세상에 존재하는 모든 것들은 존재의 의미를 우리에게 드러내려 합니다.

"각각의 사물은 모든 다른 사물들의 거울"이라고 한 퐁티의 말을 자세히 음미해 볼 필요가 있습니다. 사물과 사물 사이에 주고 받는 서로의 감각적 떨림을 읽을 수 있어야 할 뿐만 아니라 작가는 그것을 보듬고 끌어안으면서 그 속에 들어갈 수 있어야 합니다.

한 마리의 강아지도 우리가 이름을 붙여주고 손을 내밀 때 꼬리를 치며 다가옵니다. 사물에 대한 진정한 이해와 따뜻한 시각이 있을 때만이 존재의미에 대한 교감을 나눌 수 있습니다.

우리가 얻고자하는 문학적 진실에 좀 더 가까이 다가가기 위해서는 우주와 자연 속에 존재하는 것들에 보다 관능적으로 다가설 필요가 있습니다. 그리고 우리가 얻고자 하는 답은 그리스의 지도자들이 국가적 대사를 앞두고 델포이 신전에서 신탁을 들었을 때처럼 언제나 은유입니다.

궁극적으로 작가가 제재로부터 얻는 교감은 은유이기에 작가 나름의 지식과 지혜에 의해 그에 맞는 이름을 붙이고 해석과 의미를 부여해야 하는 것입니다.

아리스토텔레스는 예술은 자연의 모방이며 작가가 예술을 통해 모방해야 할 가치와 본성은 이미 자연 속에 내재해 있다고 했습니다. 모방의 대상은 인간의 행동과 자연의 보편적 법칙과 질서도 물론 포함됩니다.

좋은 수필 한 편을 쓰기 위해서는 우선 세상을 바르게 읽어야 합니다. 세상과 교감할 수 있어야 하고 그 교감은 평소 작가의 인간 삶에 대한 깊은 사유와 생활의 성찰에서 옵니다. 이를 위해서는 정신적 웰빙을 추구하는 삶의 자세가 뒤따라야 할 것입니다.

5) 메시지를 어떻게 전개할 것인가

수필창작을 위한 외부적 형식으로는 서론 본론 결론의 3단 전개, 기승전결의 4단 전개, 그리고 action(fact) background development climax ending의 5단 전개의 방법을 기본으로 적절한 변화를 추구할 수도 있습니다.

수필창작에 있어서의 소통구조는 사실(fact)의 전달 그 자체가 아닙니다. 작가는 그 fact를 통하여 작가가 생성하는 의미에서 독자의 감동을 끌어내야 합니다.

작품 속에서 작가의 '의도'인 주제는 아무래도 주관적일 수밖에 없습니다. 독자는 일반적으로 설득되지 않으려는 '반작용'으로 맞서는 경향이 있습니다. 그래서 객관적 대상이 되는 체험을 통하여 작가의 주관적 정서를 표현합니다. 작품 속에 끌어들이는 action(fact)은 새롭고 신선하며 흥미를 유발하는 개인적 체험이 좋습니다. 아래 예문을 읽는 독자들은 거부감 없이 일단은 뒷이야기에 대해 궁금증을 가질 것입니다.

> 가게 문을 열고 아침 청소를 막 끝냈을 무렵이다.
> "생리대 주세요."
> "철이구나, 엄마 심부름이니? 착하기도 하지."
> "아니요, 동생 주려고요."
> "?!!"
> 철이는 옆집에 사는 다섯 살짜리 아이다. 그 동생은 이제 겨우 네 살이다.
> "동생은 수영도 못하고, 자전거도 탈 수 없어요."

작가는 독자에게 친근하게 다가갈 수 있는 이 action(fact)을 시작으로 의미를 만듭니다. 사회적 감정, 현실적 이슈, 사회 문화적·역사적 배경 위에 평소 자신의 철학에 대한 논리, 또는 사고의 준거틀을 중심으로 글을 전개해야 합니다.

동일한 fact라도 다음과 같이 배경과 전개 방법을 달리함으로써 작가는 전혀 다른 메시지를 산출할 수 있습니다.

1)

TV 광고를 본 모양이다.

돈 앞에서는 형도 아우도 없는 세상에 아이보다 못한 소견의 어른들이 많아 개탄스럽다.

아버지의 농토가 개발지에 편입된 형제의 이야기다. 이미 상속이 되어 십여 년 농사를 짓던 형에게 아우는 '아버지의 유산이니 더 내놓으라.'고 덤벼들었고 형은 '아니 어림도 없다.'면서 언성을 높였다. 평소 우애가 두터웠던 형제지만 눈앞의 보상금에 눈이 어두워 살인을 부르고야 말았다.

다섯 살 아이도 아는 형제간의 우애를 어른들이 몰라서 저지른 일은 아닐 것이다.

2)

TV 광고를 본 모양이다. 생리대를 어디에 사용하는지도 모르는 이 다섯 살 아이에게도 텔레비전 광고는 100%의 세뇌 능력을 발휘한다.

텔레비전은 어떤 부모나 교사보다 강력하게 아이들로 하여금 무의식적으로 행동을 보이게 하는 가공스런 무기이다.

6) 독자의 마음을 어떻게 사로잡고 집중시킬 것인가

독자에게는 읽어도 그만, 읽지 않아도 그만인 글을 끝까지 읽을 인내심이 없습니다. 작가가 심혈을 기울여 쓴 작품이라 할지라도 그 상황에 대해 글쓴이만큼 알지 못하기 때문에 아는 것은 알아서, 모르면 몰라서, 또는 지루해서 끝까지 읽지 않으려는 경향이 있습니다. 세상에는 이 한 편의 글보다 훨씬 재미있는 소일거리가 지천으로 널려 있으니까요.

끝까지 읽혀지는 글, 의도하는 바대로 소통을 이루기 위해서는 긴장을 탄탄하게 유지해야 합니다.

다음은 김규련의 「환각에서 깨어나야」의 서두 부분입니다.

석양에 한 초로의 여인이 집으로 돌아가고 있다. 그때 등 뒤에서 들려오는 소리가 야릇했다.

"같이 가 처녀, 같이 가 처녀."

그녀는 기분이 좋았다. 내 뒷모습이 아직도 처녀로 보이는가 보다 싶어서. 다음날도 복지회관에서 놀다가 어제와 같은 시간대에 귀갓길에 나섰다. 또 "같이 가 처녀, 같이 가 처녀." 고함소리가 들려왔다.

이렇게 나흘 동안 계속되자 그녀는 자기를 처녀로 착각하기 시작했다. 하루는 몸에 짝 달라붙은 홀대바지에 굽이 높은 구두를 신고 엉덩이를 삐뚝거리며 걸어봤다. 역시 '같이 가 처녀' 소리가 더욱 우렁차게 귀청을 때렸다.

그녀는 힐끗 뒤돌아봤다. 젊고 건장한 청년이 일톤 트럭을 몰고

뒤따라오며 마이크로 외치는 소리가 아닌가. 가슴이 좀 울렁거렸다.

그녀는 손녀에게 자랑삼아 그 사실을 얘기해 줬다. 손녀는 할머니께 보청기를 끼워드렸다. 다음날 그 시각에 들리는 소리는 "갈치가 천 원. 갈치가 천 원" 생선장수의 고달픈 목소리였다.

만약 위의 글을 다음과 같은 요지로 바꿔 적었다면 감동은 반감되었을 것입니다.

초로의 여인이 귀가를 서둘렀다. 평소처럼 골목 어귀를 돌아서던 어느 날 갈치 장수의 확성기에서 "갈치가 천 원!"이라는 말을 "같이 가, 처녀!"로 잘못 알아들은 여인은 며칠 동안 가슴을 두근댔다. 나이가 들었어도 "같이 가, 처녀!"라는 소리를 들었다면 자신의 모습이 아직은 괜찮은가 보다 하고 내심 쾌재를 부르지 않을 이가 어디 있겠는가.

손녀가 끼워준 보청기를 통해 '갈치가 천 원'이란 생선장수의 고달픈 목소리를 듣고서야 그녀는 착각에 빠졌던 나흘 동안의 행복에서 헤어 나올 수 있었다.

3. '붓 가는 대로'의 참뜻

글을 쓰는 사람이라면 장르에 관계없이 '붓 가는 대로'를 선망하지 않을 이가 없습니다.

이 정도의 경지에 가기 위해서는 늘 세상읽기에 눈을 두고 있어야 합니다. 나날이 변화하는 세상을 읽고 그 변화의 깊숙한 카오스 속에서 로고스를 길어 올리기 위한 사유의 끈을 놓아서는 아니 됩니다. 붓을 움직이지 않을 수 없는 감동의 순간이 다가왔다면 이는 한 순간의 수확물이라기보다 오랜 시간 어쩌면 이제까지의 삶 동안 꾸준히 가슴에 담아왔던 사유의 폭발이기도 합니다.

소크라테스의 아버지는 조각가였습니다. 아버지의 손을 거치기만 하면 바윗덩어리는 사자가 되었고, 소년 소크라테스는 그 비법을 물었습니다. 아버지는 돌 속에서 꺼내달라고 포효하는 사자의 음성을 듣고 자신은 단지 꺼내주기만 했다지 않습니까. 답은 이미 이 세상에 존재하고 있습니다.

'붓 가는 대로'는 작가가 천착하고 있는 대상에 대한 깊은 사유와 교감이 이미 가슴속에서 용솟음칠 때입니다. 섣불리 쏟아내는 것이 아니라 고뇌의 흔적을 가슴으로 쏟아놓으라는 청천벽력인 만큼 수필가에게만 적용되는 말은 결코 아닙니다.

'붓 가는 대로'는 이처럼 삶 자체가 한 편의 수필이요 문학인 경우를 이름입니다. 아무나 형식에 구애되지 않고 쏟아놓기만 해도 수필이라는 안이한 생각에서 벗어나야 합니다. 이 말의 진정한 의미는 창작시마다 가장 개성 있고 독창적인 형식을 창출하라는 요구입니다.

한 편의 수필 속에는 작가의 눈에 비치는 가시적 세계를 통하여 작가가 유추해낸 비가시적인 관념과 본질의 세계를 담고 있어야 합니다. 자연과 우주 속에 존재하는 수많은 개체들은 생성과 소멸을 반복합니다. 그 현상 뒤에 가려진 본질에 대한 사색이 농익고 곰삭아야 붓 가는 대로 쏟아놓아도 서예가의 일필휘지처럼 작품이 됩니다.

이제까지 '붓 가는 대로'가 수필의 격을 떨어뜨리고 수필을 비전문적인 장르로 폄하시키는 단초를 제공한 말로 여기는 이들이 많습니다. 하지만 이 말은 '붓 가는 대로 쓸 수 없다면 쓰지 말라'는 경고이기도 합니다. 붓 가는 대로 쓰고 필을 놓아버리기가 쉬운 일은 결코 아니겠습니다.

김춘수가 대상에 맞는 이름을 불러 주었을 때 시가 되었듯이, 의미를 부여하였을 때 그 대상은 수필의 제재로 다가올 것입니다.

옥동자를 낳게 하는 산파는 산모와 똑같이 땀 흘리고 기력이 쇠잔해질 때까지 용을 씁니다. 당신이 한 편의 수필을 탄생시키려는 산파라면 파김치가 될 때까지 용을 쓰셔야 합니다.

그리고 붓 가는 대로 쓸 수 없다면 결코 붓을 들지 마셔요.

3 불완전한 체험, 불완전한 언어, 불완전한 커뮤니케이션
차 라 리 침 묵 이 ⋯⋯

우리의 삶 하나하나는 커뮤니케이션 행위들로 구성되어집니다.
아무리 의사표시를 하지 않겠다고 하더라도 그것 역시 커뮤니케이
션의 한 방법입니다.(We cannot Not communicate.) 인간 생활에서
빼놓을 수 없는 커뮤니케이션의 어원을 살펴봅니다.

직접적인 어원은 라틴어인 'communicare'로 일치와 진보를 위한
'참여'와 '나눔'이란 뜻을 내포하고 있습니다.

여러 가지 커뮤니케이션 유형을 생각해 볼 수 있겠지만 크게는
대인 커뮤니케이션(inter-personal communication)
집단 커뮤니케이션(group communication)
매스 커뮤니케이션(mass communication)
으로 나누어 볼 수 있습니다.

작가는 문학작품을 매개로 하여 일차적으로 독자를 설득시킵니다. 작가와 독자의 만남은 면대면(face to face) 커뮤니케이션의 성향이 짙은 1 : 1의 대인 커뮤니케이션의 영역에 가깝지만 쌍방향 커뮤니케이션은 아닙니다.

수필쓰기에서는 일반적으로 쓰고자 하는 대상이 무엇이든 간에 종국에는 작가 자신의 사상을 드러냅니다. 작가 자신과 대상 간에 일어나는 공감 또는 공명에서 출발한다 할지라도 작가 개인의 심상 내부에서 일어나는 의미의 발견이라는 점에서 내적 커뮤니케이션(intra-personal communication)이기도 합니다.

언어를 사용하지만 커뮤니케이션에서의 오류가 생길 수 있는 소지는 어디에 있으며 이를 보완하는 것은 무엇인지 알아봅시다.

인간이 구사하는 어휘는 사전에 등재된 것만 하더라도 30-50만 단어에 이릅니다. 이 중 15,000 단어 정도가 통용됩니다. 하지만 그 많은 어휘를 다 쓰는 게 아니라 일상에서는 500단어 정도를 사용하고 있으며, 정작 우리가 필요로 하는 어떤 상황에 딱 맞는 어휘는 그 많은 어휘 중에는 없어서 여전히 어휘의 부족을 느낍니다.

그래서 오히려 우리가 소통하고자 하는 의미는 말에 있는 것이 아니라, 사람이나 말 밖의 진정성에서 찾아야 합니다.(Meaning is not in words but in people.) 언어의 개입으로, 말에 의한 혼란을 초래할 위험도 생길 수 있기 때문입니다.

부족한 어휘를 보완하기 위하여 제스처(gesture)나 표정과 같은 바디 랭귀지(body language)를 사용하기도 하고, 시간과 공간에도 영향을 받기에 헤어스타일이나 액세서리, 넥타이와 같은 비구어적 방법을 동원하기도 합니다. 때로는 이들이 말로 표현하는 언어보다 훨씬 표현하려는 진실에 더 가까울 수도 있습니다.(What is not said carries more weight than what is said.)

또한 같은 말이라도 시대나 상황에 따라 의미가 달라지기에 언어에는 이미 위험성을 내포하고 있습니다. 언어가 현실을 반영하고, 현실은 언어에 반영되면서, 현실과 언어 사이에는 갭이 생길 수도 있습니다.

체험을 통해 확인된 것을 표현하려고 하지만 우리의 체험은 얼마나 정확할까. 체험을 거치지 않은 것은 현장 확인 때까지 판단을 유보하고, 체험을 확대해야 합니다. 하지만 불완전한 육체에 의한, 불완전한 주관적 체험의 세계가 불완전한 언어로 전달된다는 점에서 완벽한 커뮤니케이션을 기대하기는 쉬운 일이 아닙니다.

동인한 사안이라 하더라도 관찰자의 입장이냐, 관찰대상자의 입장에 서느냐에 따라서 우리는 주관과 객관 사이에서 생각이 달라지기도 합니다. 자신의 모습을 투사함으로써, 내면의 목소리에 귀 기울이면서 객관적이 되려고 노력해야 한다. 객관성이 결여되었다고 느껴질 때는 일반화하더라도 무리가 없을 때까지 판정을 유보하는 편이 좋습니다.

온전한 소통을 위해서는 맹신에서 벗어나야 하고, 현실을 점검하여야 합니다.

언어에는 독선성이 있습니다. 이를 회피하기 위하여 '나로서는'(as I see, to-me-ness)과 같은 여지(room)를 남겨 두어야 합니다. 언어 생활에서 '틀리다'와 '다르다'를 구별할 수 있어야 상대방을 포용할 수 있으며, 언어를 통해 사회에 봉사할 수 있어야 합니다. 즉 옳고 그름(right vs wrong)보다는 견해차의 인정(respect for difference)을 수용하는 열린 마음이어야 합니다.

일반화에 따른 위험을 피하기 위하여 소통의 진행과정에서 접촉 방법이나 매체는 물론이고, 메시지의 의미가 말의 안쪽 혹은 바깥쪽에 있는지 맥락을 살피고, 일방향보다는 양방향 또는 쌍방향으로의 피드백을 시도하는 것이 좋습니다.

인체에서 커뮤니케이션 기관인 입과 귀를 생각해 봅니다.

귀가 둘인 데 반해 입이 하나인 것은 나의 말은 반으로 줄이라는 의미일 것입니다. 귀가 입보다 위에 자리하는 것 역시 나의 말보다 상대의 말을 귀히 여기라는 뜻입니다.

또 귀가 둘인 것은 아첨과 같은 듣고 싶은 소리에만 귀 기울일 것이 아니라 쓴 소리에도 귀 기울여야 한다는 뜻입니다. 한 쪽 귀로는 세상의 소리를 듣고 다른 쪽 귀로는 내면의 소리를 들어야 한다고 유추할 수도 있을 것입니다. 또 억울한 말을 들었을 때는 한쪽 귀로 듣고 한쪽 귀로 흘리면서 때를 기다려야 한다는 의미로 사유를 넓혀 갈 수도 있습니다.

개체에 따른 특성이 고려되고, 사색에 기반을 둔 논리에 근거한 진정성이 갖추어진다면 이해에 훨씬 가까이 다가갈 수 있습니다. 이해(understanding)는 자신을 낮추는 겸손(humility)에 바탕을 둡니다. 겸손의 어원이 humus(흙)에 있고 보면 커뮤니케이션에서 최선의 방법은 겸손이라 하겠습니다.

홀로 차를 마시거나 부스스한 모습으로 캠퍼스를 거니는 사람을 유독 좋아하던 때가 있었다. 무엇이 그 사람을 사색케 만드는지 궁금했다. 남을 의식하지 않고 혼자만의 세계에 빠져 있는 자의 고독은 참으로 건강해 보였다.

가늠할 수 없는 깊이가 느껴지는 모습을 몰래 지켜보면서 조촐한 즐거움을 누렸다. 가끔씩은 지극히 철학적인 단어를 떠올리며 단절된 그만의 세계에 초대받고 싶을 때도 있었다. 그럴 때마다 친구들은 놀려댔다. 내면의 깊이는 고사하고 무미건조하거나 성격에 결함이 있을 가능성이 높으니 경계하라는 충고의 말까지 잊지 않는다.

하지만 그 버릇은 여태껏 버리지 못하고 있다. 말수가 적은 사람에게 무조건 후한 점수부터 주고 본다. 게다가 언행이 굼떠 분위기를 맞추지 못하는 사람이 재치있는 사람보다 훨씬 인간답게 느껴지기까지 한다. 의도적이지 않은 어눌한 말씨는 세속적이지 않아서 좋다. 오히려 못 다한 말 뒤에 감추어져 있는 세계가 더 없이 넓고 신비스럽다. 침묵 안에 숨겨진 언어를 찾아내는 일은 얼마나 흥미로운가.

서점 앞에서 호떡을 굽는 여인을 만나기 전까지 절제된 언어가 빚어내는 아름다움을 한동안 잊고 있었다. 그녀는 언어장애자였다. 봄기운이 느껴지는 날씨 속에서 왜 하필이면 호떡이 먹고 싶었는지 모른다. 포장마차 앞에 멈춰선 나를 보고 그녀는 환하게 웃으며 반긴다. 이미 구워져 있는 호떡이 따뜻한지 묻는 나에게 애교스런 몸짓으로 자기의 장애를 알렸다. 그리고 내 의사와 관계없이 반죽을 떼어내더니 호떡을 굽기 시작했다.

"얼마쯤 기다려야 될까요?"

그녀가 언어장애자라는 사실을 잊은 채 무심코 뱉었다. 대답이 없다. 그녀는 자기만의 세계에 빠져 호떡을 굽는 데 열중이다. 내 목소리조차 들리지 않는 모양이다. 입술을 빠져 나온 말은 방향을 잃은 채 비틀거리다 뜨거운 팬 위로 무기력하게 떨어졌다. 머쓱해진 나와 달리 그녀의 표정은 무심할 정도로 맑다. 한때는 그녀를 좌절시켰을지도 모를 언어가 지금은 침묵 앞에서 빛을 잃고 만다. 무슨 말이든 할 수 있다는 게 부끄럽다.

아무래도 갓 구운 호떡을 먹기에는 제법 시간이 걸릴 것 같다.

구워 놓은 것을 포장해서 달라고 그녀처럼 손짓으로 이야기했다. 조금도 어색하지 않은 나의 특별한 언어였다. 그녀가 또 다시 웃으며 눈빛으로 아쉬워했다. 표정과 손짓, 게다가 미소까지 섞어 갓 구운 걸 주고 싶다고 했다. 호떡보다 달콤한 그녀의 몸짓언어. 둘의 대화는 완벽했다. 짧은 시간이지만 신선하고 따뜻했다. 혹시 우리는 동문서답하며 미소를 주고받은 건 아닐까. 그러면 어떠랴. 품위와 예의를 갖춘 말조차도 함부로 믿지 못하는 현실에서 마음으로 대화를 나눈다는 건 얼마나 큰 축복인가.

언행이 일치하지 않은 말은 차라리 침묵을 지키는 것보다 못하다. 그런데도 말하는 기술을 중요시 여기는 세상이 되어 버렸다. 내용물보다 포장에 정성을 다하는 사람들이 많다. 말과 글을 무기 삼아 살아가는 나 역시 그럴 듯한 말로 상대의 마음을 움직이려 하지는 않았는가. 나이가 들어가면서 말을 아끼기는 훨씬 어려워지는 듯하다. 어떤 말이든 쉽게 쏟아놓고 돌아서면 이유없이 허탈하고 짜증이 난다. 그래서 우리는 더욱 고독한지 모른다.

토론하기를 즐기던 소크라테스도 자신의 영혼을 돌보기 위해서 사색하기를 멈추지 않았고 악처인 크산티페의 잔소리에도 침묵으로 일관했다. 그런 침묵은 결코 침묵이 아니다. 신이나 자기 자신과 끊임없는 대화를 나누는 그의 살아있는 언어가 바깥으로 드러나지 않았을 뿐이다.

세상은 변했다. 절제된 말과 풍성한 마음만으로 서로를 확인할 수 있을 만큼 여유롭지가 못하다. 누군가 자기의 마음을 알아주기를 기다리는 것만큼 어리석은 처세술도 없을 게다. 드러나지 않은 것보다 가시적인 것에 가치를 두는 세상이 되었기 때문이다. 나를 제대로 드러내지 못하더라도 말을 통해 상대의 마음을 정확히 헤아릴 수 있다면 좋겠다.

수없이 쏟아지는 공허한 말을 들을 때면 나는 침묵의 세계를 꿈꾼다. 침묵은 깊고 강인하기에 지금도 내 삶의 전부를 맡기고 싶을 만큼 흠모하는 말이다. 그럼에도 불구하고 나는 주워 담지도 못할 말들을 습관처럼 흘리고 다닌다.

오늘도 호떡집 여인이 생각난다. 말의 홍수 속에서 숱하게 느끼던 현기증 때문에 그녀가 그리운 걸까. 말을 많이 한 날에는 간단한 수화 몇 개라도 익혀서 찾아 가고 싶다. 그리고 침묵 속에서 빛을 발하는 참다운 언어를 배워 오리라. 말보다 눈빛과 마음으로 이야기하는 사람. 어쩌면 그녀는 구업口業을 짓지 않아도 되니 나보다 훨씬 행복할지 모른다.

— 조낭희, 「침묵」

원화(₩)나 빈자의 돈은 왜 오래 가지 않는가

'대나무는 왜 속이 비었을까?'

식당에서 밥을 먹다가 한 친구가 느닷없이 이런 질문을 던졌습니다. 우리는 학교에서 배웠던 지식을 떠올렸습니다. 생물학적 지식을 총동원해도 마땅한 답이 생각나지 않았습니다. 당신도 우리처럼 답을 구하지는 않는지? 바로 여기에서 많은 사람들이 글쓰기의 문턱에서 주저앉게 됩니다. 대나무통밥집 주인이 말했습니다.

"우리 같은 사람들이 밥장사를 할 수 있게 하려고……."

그 이야기를 듣고서야 잠자코 있던 다른 친구가 입을 열었습니다.

"너무 빨리 자라느라 속을 채울 시간이 없었네."

일제히 박수가 나왔습니다.

수필 쓰기는 자연이나 삶 속에서 대상을 향해 일어나는 끊임없는 질문에 답하는 과정이며, 이를 통해 대상을 새롭게 인식하는 해석의 한 방편이라 하겠습니다. 한 편의 수필 작품 속에서 우리가 다루는 대상은 대상 그 자체로 존재하는 것이 아니라 독자에게 새로운 인식으로 다시 태어나는 것입니다. 수필에서 요구되는 것은 현상이나 대상에 대한 정답이 아니라 해석을 구하는 일입니다.

어떤 현상과 조우할 때 우리는 과학이나 지식으로 접근할 수도 있고, 보다 포괄적으로 삶을 해석하는 준거로서 생활 속의 상식 또는 문학적 접근방법을 따르기도 합니다. 여기서는 후자에 초점을 맞추어 보고자 합니다.

어떤 대상에 대한 문학적 인식방법은 과학이나 학문에서 다루는 인식방법과 크게 다를 수 있습니다. 전자의 경우는 과학이나 지식으로 풀 때처럼 근본적인 정답과는 거리가 멀다 할지라도 인간의 보다 근원적인 문제에 초점이 맞추어진 해석이기 때문에 그 유용성은 후자의 정답 못지않습니다.

산문은 효용을 목적으로 하는 공리적 글입니다. 말하듯 쓰면 됩니다. 말을 잘 하는 사람, 지식 배경이 든든한 사람이라면 글을 잘 쓸 수 있는 사람으로 여겨질 수 있습니다. 이런 조건을 갖춘 사람도 글쓰기를 쉬운 일이라고 생각하지는 않습니다.

'붓 가는 대로'는 수필 쓰기에 입문하려는 사람들을 위해 일단은 문을 크게 열어둔 말입니다. 하지만 작품이 될 만한 수필 한 편을 쓰기가 결코 만만한 일은 아닙니다. 십수 년 동안 학교에서 공부하는 동안 우리는 얼마나 많은 책을 읽고, 글을 써 왔던가? 그렇다면 시나 수필을 쓰기 위해 새삼스럽게 교육을 받고 면허와 같은 등단절차를 거쳐야할 만큼 어려운 일은 아닐 것입니다.

문인이 많다고는 하지만 인구 4천 명에 한 명 꼴입니다. 글쓰기는 여전히 어렵고, 많은 사람들에게는 다가설 수 없는 '머나먼 당신'입니다. 여기에서는 글쓰기에 관심은 있지만 글쓰기를 두려워하고 망설이며 뜻을 펴지 못하는 분들을 위해 글쓰기를 위한 문학적 접근방법에 대해 이야기하고자 합니다.

문학은 사실을 논리적으로 증명하는 학문이 아닙니다. 따라서 이론중심적이지도, 구조적이고 체계적이지도 않습니다. 어디까지나 작가 자신의 직관에 의존하고 상식의 범위 안에 있을 뿐입니다. 백과사전식의 객관적인 지식이 아니라 작가 자신이 선택하는 지극히 주관적 견해일 수도 있습니다. 마술적 생각으로 때로는 틀리거나 비논리적인 생각으로 머물기도 합니다.

여성들의 화장을 예로 들어봅시다. 어떻게 하면 얼굴에 화장이 잘 받을까? 피부과 의사나 미용사와 상담을 하면 가장 빠르고 정확한 답을 구할 수 있을 것입니다. 잠을 충분히 자고, 영양분을 골고루 섭취하고, 자외선이 강한 실외에 나가지 않아야 하고 ……. 이는 과학적 접근방법입니다. 그러나 문학적으로 접근하면 사랑입니다. 사랑받는 여인은 화장기운을 잘 받을 뿐더러 구태여 화장이 필요 없다는 것입니다.

일본 도쿄올림픽 때, 스타디움 확장을 위해 지은 지 3년이 되는 집을 헐게 되었다. 인부들이 지붕을 벗기려는데, 꼬리 쪽에 못이 박힌 채 벽에서 움직이지 못하는 도마뱀 한 마리가 살아서 몸부림을 치는 것이었다.

3년 동안 도마뱀이 못 박힌 벽에서 움직이지 못했는데도 죽지 않고 살아 있다는 것은 참으로 신기한 일이었다. 사람들은 원인을 알기 위해 철거공사를 중단하고 사흘 동안 도마뱀을 지켜보았다. 그랬더니 하루에도 몇 번씩 다른 도마뱀 한 마리가 먹이를 물어다 주는 것이었다.

이 두 도마뱀은 어떤 사이였을까?

부모와 새끼일 수도 있고 서로 사랑하는 사이일 수도 있고 그저 한 동네에 살던 이웃이었을지도 모른다. 오래 전부터 그곳에 살던 도마뱀 동네에 언제부터인가 사람들이 들어와 땅을 파헤치고 나무를 베어내고 요란한 기계소리를 내며 어마어마하게 큰 자기들의 집을 짓기 시작했을 것이다.

땅이 파헤쳐지고 숲이 무너지면서 죽어간 도마뱀들도 많았으리라. 도마뱀뿐 아니라 들쥐도 다람쥐도, 지렁이와 개미도 죽거나 다치고 밤낮 없는 기계소리에 놀라 멀리 떠나버린 도마뱀들도 있고 둥지를 잃은 새들도 있었을 것이다.

그러나 떠날 수 없는 도마뱀과 개구리와 잠자리들도 있었을 것이다. 돌아다녀 봐도 너무나 어마어마한 땅이 다 뒤집혀져서 어쩔 수 없이 그 근처 어디에 몸을 숨겨 살아야 했을지도 모른다.

아마 그 도마뱀도 그런 무리 중의 하나였으리라 불안과 공포 속에서 그래도 숨어 살 데를 찾아 여기저기 돌아다니다 그만 꼬리가 못에 박히는 끔찍한 경우를 당하게 되었을 것이다.

얼마나 몸부림쳤을까? 몸부림칠 때마다 살을 찔러오는 고통은 또 얼마나 컸을까? 그 고통으로 몸부림치는 모습을 옆에서 지켜보는 다른 도마뱀은 또 얼마나 마음이 아팠을까?

하루 이틀 닷새 꼬리가 못에 박힌 도마뱀은 오직 살기 위해 몸부림을 쳤을 테고 옆에서 그 아픔을 지켜볼 수밖에 없는 도마뱀은 어쩌지 못한 채 애만 태우고 있었으리라. 말도 할 수 없는 이 미물들은 오직 눈짓과 표정과 몸짓만으로 서로를 쳐다보고 마음을 나누었으리라.

도마뱀은 원래 사람의 손에 꼬리가 잡히면 그 꼬리를 잘라버리고 도망치는 파충류인데, 아마 꼬리를 잘라버릴 수 있는 상황도 못 되었던 게 분명하다. 죽을래야 죽을 수도 없는 상황이었을 것이다.

그러나 참으로 훌륭한 것은 바로 곁에 있던 도마뱀이다. 사랑하는 도마뱀이 받는 고통을 바라보면서 그 도마뱀이 살아보려고 몸부림치다 절망할 때 어딘가로 가서 먹을 것을 물어왔다. 그리고 입으로 건네주면서 무슨 표정을 지었을까. 절망하지 말라고, 살아야 한다고 말은 할 수 없었지만 어떤 눈짓, 어떤 표정이었을까.

—도종환, 「그때 그 도마뱀은 무슨 표정을 지었을까」

일본에서 실제로 있었던 이야기라고 한다.

어떤 사람이 집의 벽을 수리하기 위해서 뜯었다. 일본집의 벽이라는 것은 그들의 말로 소위 "오가베"라 하여 가운데에 나무로 얼기설기 대고 그리고 그 양쪽에서 흙을 발라 만드는 것으로서 속이 비어 있게 마련이다.

그런데 그 벽을 뜯다 보니까 벽 속에 한 마리의 도마뱀이 갇혀 있더라는 것이다. 그 도마뱀은 그저 보통 갇힌 것이 아니라 어쩌다가 벽 밖에서 안으로 박은 긴 못에 꼬리가 물려 꼼짝도 못하게 갇혀 있더라는 것이다.

집 주인은 그 도마뱀이 가엾기도 하려니와 약간 호기심이 생겨 그 못을 조사해 봤다. 집 주인은 놀랐다. 그 도마뱀의 꼬리를 찍어 물고 있는 못이 바로 십 년 전 그 집을 지을 때 벽을 만들며 박은 못이었던 것이다. 그렇다면 어떻게 되는 것일까? 그 도마뱀은 벽 속에 갇힌 채 꼼짝도 못하고 십 년을 살아온 셈이 된다. 캄캄한 벽 속에서 십 년간! 그건 정말 놀라운 일이 아닐 수 없다.

캄캄한 벽 속에서 십 년간이란 긴 세월을 살았다는 것도 놀랍다.

그런데 그렇게 꼬리가 못에 박혔으니 한 걸음도 움직일 수 없는 그 도마뱀이 도대체 십 년간이나 그 벽 속에서 무엇을 먹고 산 것일까? 굶어서? 그럴 수는 없다.

집 주인은 벽 수리 공사를 일단 중지했다.

"이 놈이 도대체 어떻게 무엇을 잡아먹는가?" 하고, 그런데 어떤가. 얼마 있더니 어디서 딴 도마뱀 한 마리가 먹이를 물고 살금살금 기어오는 것이 아닌가.

집 주인은 정말로 놀랐다.

사랑! 그 지극한 사랑! 그 끈질긴 사랑! 그 눈물겨운 사랑! 그러니까 벽 속에 꼬리가 못에 찍혀 갇혀 버린 도마뱀을 위하여 또 한 마리의 도마뱀은 십 년이란 긴 세월을 비가 오나 눈이 오나 한결같이 먹이를 물어 나른 것이다.

그 먹이를 물어다 준 도마뱀이 어미인지, 아비인지, 그렇지 않으면 부부간 혹은 형제간인지, 그것은 알 길이 없다. 그러나 그것을 반드시 알아야 할 필요는 없다.

나는 그 말을 듣고 그 숭고한 사랑의 힘에 뭉클했다.

— 이범선, 「도마뱀의 사랑」

도종환과 이범선이 쓴 동경올림픽 무렵의 도마뱀이야기입니다. 여기서 우리는 도마뱀에 대한 생물학적 지식을 이용하여 이야기의 진위를 따질 필요는 없습니다. 상상의 범위를 벗어나 오류에 가까운 텍스트를 수용해야 하는 이런 수필 작법을 권장할 일은 아니지만, 문학은 과학이나 지식의 편에서 해결할 수 없는 초월적 마술의 기능을 가진다는 사실을 인정하지 않을 수 없습니다.

수필은 삶을 감동으로 해석하는 인간학이라 말하기도 합니다. 수많은 대상에 대해 질문을 하고 그 답이 우리네 삶과 연결될 때 감동을 일으킵니다. 위의 예문 역시 사실적 진위나 지식보다 진실의 문제에 초점이 맞추어져 있기에 독자에게 감동으로 다가갈 수 있습니다.

일본의 엔화나 유럽의 유로화, 심지어는 미국의 달러화보다 한국의 원화는 수명이 짧다고 합니다. 이에 대해 어떻게 생각하는가? 화폐제조 기술이나 종이의 재질, 혹은 지갑의 생활화에 대해 초점을 맞추어야 할까요?

은행으로부터 받은 똑같은 신권이 부자의 손에 들어가면 수명이 길고 빈자의 지갑에 들어가면 수명이 짧아진다고 합니다. 왜?

엉뚱한 이야기 같지만 "한국에서는, 혹은 빈자는 돈을 쪼개 써야 하기 때문"이라고 말할 때 문학적 접근에 가깝습니다.

대단한 사람들의 보통이야기가 아니라 보통사람들이 살아가면서 겪는 그렇고 그런 이야기가 오히려 독자들을 감동시킵니다. 그래서 우문현답 또는 우문우답과 같은 다양한 해석이 돋보이는 것입니다. 문학적 글쓰기는 백과사전이나 인터넷에서 조사할 수 있는 완벽한 지식체계를 요구하는 게 아닙니다. 지극히 개인적인 개별성에 근거한 다양성(variety)을 요구합니다. 하지만 그 다양성은 보편성을 확보할 수 있도록, 주제를 구현할 수 있는 통일성(unity)을 향하여 달려야 합니다. '사람은 다 다르다'에 초점을 맞추어 전개했으나 결국은 '사람은 다 같다'에 이르는 이치와 같습니다.

장님들이 코끼리를 묘사할 때 코를 만져본 사람은 자신이 소화한 코 부분만 자신 있게 적어야 합니다. 다른 동물들의 코와는 구별되는 특징이 있어야 합니다. 그래야 코 이야기 하나로 코끼리를 알 수 있습니다. 각자가 다리만, 배만, 혹은 귀만 충실히 묘사하면 됩니다. 결국 이 다양하고도 남과 다르게 표현한 차별적 텍스트가 코끼리라는 통일성을 향해, 즉 일반화의 과정에 충실히 기여해야 합니다.

그래서 글을 쓸 때는 자신의 눈높이에 충실해야 합니다. 나의 눈에 들어온 대상을 나의 고유한 관점으로 풀어내야 글이 빛납니다. 여기에 자신의 눈높이보다 더 높은 지식으로 힘을 보탤 때 글은 빛을 잃기 쉽습니다. 지식은 오히려 당신이 발견한 대상의 신비로움, 마술적 시각을 평범한 것으로 만들어버리니까요. 문인들 중에는 문학이나 문예창작을 전공한 분들도 많지만 다른 분야를 전공한 분들이 훨씬 많습니다. 이는 글쓰기에서 세상을 읽는 자신만의 렌즈가 얼마나 중요한지를 보여주는 예라 하겠습니다.

수필 쓰기는 삶을 새롭게 인식하려는 해석과정입니다. 당신이 가진 지식에 매달리지 말고 그 지식을 딛고 과감히 올라서야 합니다. 그래야 새로운 인식의 틀이 보일 것입니다.

수필가는 사람과 자연, 우주 속에서 대상의 의미를 발견해내고 이를 재구성하거나 다시 새로운 의미를 창조하는 사람입니다. 그 최종적 의미를 형상화하기 위해서는 의미를 자유자재로 다룰 줄 알아야 합니다.

예술이라는 표현 기능은 근본적으로 재현이기 때문에 동일한 대상이라도 작가가 생산하는 의미에 따라 메시지는 달라질 수 있습니다.

1) 왜곡인가, 의미생산인가

옛 로마에서 있었던 일입니다. 전장에서 수많은 공을 세웠던 늙은 애꾸 장군이 만년에 자신의 초상화를 하나 남기고 싶어 했습니다. 측근이 일류 화가를 불러 제작을 의뢰했더니 그가 그려온 그림에는 왼쪽 눈이 찌그러진 애꾸의 모습 그대로였습니다. 장군의 마음이 편치 않음을 안 그는 다른 화가에게 부탁했습니다. 이번에는 양쪽 눈을 온전하게 다 그린 그림이었습니다. 역시 마음이 편할 리가 없었습니다. 이를 본 한 젊은 미술학도는 왼쪽 눈이 보이지 않을 정도의 옆모습을 그려서 왔습니다. 넘치는 정기와 수천 병사를 호령했던 카리스마가 눈에서 느껴지는 그림이었습니다.

정보 전달을 위한 기록이라면 분명 왜곡입니다. 하지만 작품이라면 어떤 의미를 생산하려고 하느냐가 관건입니다.

2) 의미의 발견과 선입견의 작용

우리가 눈으로 보고 직접 체험했다고 해서 다 같은 가치나 의미를 지니지는 않습니다. 개인의 성격이나 환경에 따라, 때와 장소에 따라 같은 대상을 보더라도 다가오는 의미는 다르게 작용할 수 있습니다. 뿐만 아니라 정작 찾아야 할 중요한 의미는 자신의 눈에 닿지 않는 경우도 있습니다. 개인의 선입견은 의미를 발견하는 데 영향을 주고 왜곡시킬 수도 있다는 말입니다. 그래서 선입견은 의미 발견의 장점이 되기도 하지만 오류의 원인이 되기도 합니다. 다음 그림은 인터넷상에 많이 유포되어 있습니다. 의미나 내용을 받아들이는 순서대로 적어보고 남과 비교해보는 것도 재미있을 것입니다.

3) 의미의 생산

중국의 어느 디자이너는 36.5미터짜리 웨딩드레스를 만들었습니다. 생각건대 이 드레스를 입고 결혼식을 치를 수 있는 예식장은 그리 흔치 않습니다. 큰 예식장이 있다 하더라도 그 긴 드레스를 입고 결혼식을 치르기에는 불편이 이만저만이 아닙니다. 그럼에도 이 디자이너는 왜 36.5미터짜리를 제작했을까. 예술작품이 상품과 다른 것은 그 속에 은유적 의미를 담고 있기 때문입니다. 36.5미터의 진정한 의미는 무엇일까? 체온을 잃지 않는다는 것으로는 의미가 약할 것입니다. 해마다 365일 내내 행복해야 된다는 작가의 염원이 담겨 있기에 이 드레스는 상품이 아니라 예술 작품이 될 수 있습니다.

그럼 우리 생활 속에서 의미가 부여된 날을 찾아봅시다. 부부의 날은 가정의 달인 5월, 둘이서 하나가 되어야 한다는 21일입니다. 소방의 날은 언제가 좋을까. 119를 연상해 본다면 1월 19일이나 11월 9일입니다. 소방관의 입장이라면 구정 밑의 1월 19일과 가을이 무르익는 11월 9일 중 어느 쪽을 택할까요? 간호사의 날은 아직 제정되지 않았지만 어느 날이 좋을까? 백의의 천사, 10월 04일을 제안합니다.

4) 의미의 재구성과 확대 재생산

의미는 구성되어지는 것이기에 하나로 고정된 것이 아니라 환경과 맥락에 따라 재구성될 수 있습니다. 그리고 우리에게 이미 일반적으로 받아들여져 있는 보편적 의미도 관점을 달리하면 새로운 의미로 다가오게 됩니다.

'콜럼버스의 달걀'은 발상의 전환을 위한 예로 많이 인용됩니다. 이에 대해 작가는 어떻게 새로운 의미를 창출해냈는지 살펴봅니다.

어떤 기업 광고에서 '콜럼버스의 달걀'을 소재로 삼아 상식을 뛰어넘는 발상의 전환을 강조하는 것을 보았다. 콜럼버스의 아메리카 대륙 상륙이 뭐 별거냐고 시비가 붙자 즉석에서 달걀 세우기 논쟁이 벌어졌다. 콜럼버스가 달걀을 집어 들고 퍽 하니 그 밑동을 깨고 세웠다는, 소문으로 전해지는 유명한 이야기다. 이 이야기에는 일이라는 것이 해놓고 보면 별것 아닌 듯 싶지만 언제나 '최초의 발상 전환'이 어렵다는, 매우 자존심 강한 메시지가 담겨 있다.

그런데 우리는 이 콜럼버스의 달걀에 대하여 문제성을 느껴본 적은 없는가. 그 기업과 광고 작성자에 대해 비판하려는 것이 아니라 우리의 문명사적 의식 전반에 깔린 무의식의 성격에 문제를 제기해보려 하는 것이다. 여기서 주목하고자 하는 점은, 콜럼버스의 달걀이 이제는 상식을 넘는 발상이라기보다는 도리어 그것이 상식이 되어버린 역사적 과정과 현실이다.

달걀의 겉모양은 어떻게 생겼는가? 그것은 타원형이다. 애초에 세울 이유가 없도록 고안된 생명의 섭리가 담겨 있다. 만일 원형이었다면 굴렀을 경우 자칫 둥지에서 멀리 이탈되어 버리기 십상이다. 각이 졌다면 어미 새가 품기 곤란했을 것이다. 타원형은 그래서 생명을 지키는 원초적 방어선이다.

따라서 달걀을 세워보겠다는 것은 그런 생명의 원칙과 맞서는 길밖에 없다. 먹기 위해서가 아니라면, 둥지에서 벗어나지 않도록 만들어진 생명체를 자신이 원하는 자리에 고정시켜 장악해야겠다는 생각이 콜럼버스의 달걀을 가능하게 만드는 뿌리이다. 그래서 그것을 상식을 깬 발상 전환의 모델이 아니라, 생명을 깨서라도 자신의 구상을 달성하겠다는 탐욕적 반생명적 발상으로 확대된다.

실로 콜럼버스와 그의 일행은 카리브 해안과 아메리카 대륙에 상륙해서 자신들이 원하는 금과 은을 얻기 위해 무수한 생명을 거리낌 없이 살육했다. 결국 콜럼버스의 달걀은 서구의 제국주의적 팽창 정책을 뒷받침하는 사고의 원형이 된다. 그것이 전개되는 과정에서 아시아 아프리카 중동 등지에서 얼마나 많은 생명이 이런 식으로 무지막지하게 달걀 세우기를 당했는지 모른다. 우리도 그 가운데 하나다.

콜럼버스의 손에서 달걀이 지표면에 내리쳐지기까지의 거리는 짧고 그 힘은 개인에게 한정되어 있지만, 그 거리와 힘 속에는 제국주의라는 문명사적 탐욕이 압축되어 있었던 것이다.

오늘날 이 달걀 세우기는 콜럼버스 시대 이후 여러 가지 변형된 모습으로 우리의 삶을 지배하고 있다. 그래서 가령 인간의 탐욕을 채우기 위해서는 지구의 생명이 파괴되는 것이 문제가 아니며, 지식수준만 높이면 된다는 교육관이 아이들의 정신 생명을 시들게 해도 무감각하며, 기득권을 독점하려는 생각은 국민의 정치 생명을 상처 내는 현실을 끊임없이 만들어내고 있다. 또한 팔아먹기만 하면 된다는 발상들은 음란물을 양산하여 인류의 문화 생명 그 밑동을 으스러뜨려 놓고 있다. 폐수로 범벅이 되었다는 한탄강의 비극은 이런 달걀 세우기의 상식이 도달하는 운명적 종착역이다.

정작 오늘날 필요한 발상의 전환은, 달걀을 어떻게 하면 세울 수 있을 것인가라는 질문에 갇혀 그 답을 모색하는 일에서 가능한 것이 아니라, 달걀의 모양새가 왜 타원형인가를 진지하게 묻는 일에서 시작된다. 원래의 타원형을 지키는 새로운 노력이 '오늘의 상식'을 깨지 못할 때 생명의 신음 소리는 도처에서 계속 들리게 될 것이다. 그리고 그것은 다름아닌 우리 자신의 죽음으로 다가오게 된다. 바로 이러한 문명사적 위기를 극복하려는 마음이야말로 진정한 발상 전환의 출발점이 아닌가.

　　　　　　　　　　　　　－ 김민웅, 「콜럼버스여, 달걀 값 물어내라」

　같은 대상에서 발견한 의미라도 여기에 새로운 관점으로 재해석을 해보면 또 다른 의미가 구성되는 것을 볼 수 있습니다. 발상의 전환을 이야기하기 위해 흔히 인용하는 콜럼버스의 달걀에서 이처럼 수단방법을 가리지 않는 '달걀 세우기'의 무지막지한 인간탐욕을 비판하는 전혀 다른 각도에서 의미를 산출해 낼 수도 있습니다.

　의미를 발견하고, 재구성하고, 생산해내는 일이야말로 수필가, 예술가들이 누리는 삶의 향기입니다.

세상 읽기, 의미의 구성과 조합
맥도날드를 위협하는 업종은?

글쓰기는 화장에 비유될 수 있습니다.

잠자리에서 일어나 화장하지 않은 맨얼굴을 대하면 그의 자세를 읽을 수 없습니다. 의미를 찾아야 하는 입장에서는 카오스chaos의 세계입니다. 화장품cosmetic을 통하여, 그는 자신의 얼굴에서 눈썹이 약하다면 더 진하게 그릴 것입니다. 강한 카리스마가 느껴지게 할 것인지, 부드러운 인상을 느끼게 할 것인지, 그리고 어느 부분을 더 두드러지게 나타낼 것인지 자신의 의도에 맞추어 화장을 합니다. 오똑한 코를 원한다면 콧등은 밝게, 코의 언저리는 어둡게 명암을 주어야 할 것입니다. 화장된 얼굴은 조화롭고 질서가 잡힌 코스모스cosmos의 세계가 됩니다.

작가는 있는 그대로의 세계나 삶에서 해석을 통하여 어떤 의미를 부여함으로써 세계를 질서화시키는 사람입니다. 대상을 서로 비교, 분류하고 이를 다시 조합함으로써 새로운 의미를 구성하는 방법에 대해 알아봅니다.

삶:대상, 세계　　　　　　의미의 구성　　　　　질서화
　　(카오스)　　→　(코스모스, 로고스)　→　(실행동력)
　　해석 전　　　　　　　해석 후　　　　　　　힘

1. 가시적 세계에서 관찰을 통하여

　유년시절 내 공상의 가장 절친한 친구는 문살이었습니다. 가지고 놀 마땅한 장난감이 없는 따분한 일상이었기에 낮 동안은 창호지 위에 펼쳐지는 그림자를 좇아가면서 놀았습니다. 때로는 시선이 머문 문살에서 ㄱ, ㄴ, ㄷ 등 한글 자모를 찾기도 했는데 이는 나에게 큰 유희거리였습니다. 지금 생각해도 세종대왕이 문살에서 닿소리 모양에 관한 힌트를 얻었으리라는 이야기는 설득력이 있어 보입니다. 문살을 따라다니면서 한글 자모를 써 보거나 글자를 만들고 나름대로 생각한 것을 모아보는 재미가 크게 다가왔던 것으로 기억됩니다. 그때의 유치한 놀이가 다음과 같은 체계적 분류의 단초가 되고 있음을 부인할 수 없습니다.

그룹	예
①	ㅗ ㅛ ㅜ ㅠ
②	ㄷ ㅌ
③	ㅁ ㅇ ㅍ ㅡ ㅣ
④	ㄱ ㄴ ㄹ

그럼 ㅂ, ㅅ과 ㅏ, ㅑ는 각각 어느 그룹에 속할까?

① ② 그룹뿐이라면 자음과 모음이라는 기준이 작용하여 우리는 주저할 것 없이 ㅂ, ㅅ은 ② 그룹, ㅏ, ㅑ는 ① 그룹으로 보낼 것입니다. 그러나 ③ ④의 그룹이 있으니 우리는 망설이지 않을 수 없습니다. ㅂ, ㅅ은 ① 그룹에, ㅏ, ㅑ는 ② 그룹으로 보내야 합니다. 눈썰미가 있는 사람이라면 ㅈ, ㅊ, ㅎ, ㅋ, ㅓ, ㅕ 그리고 'ㅅ' 'ㅐ' 'B' 'W' 등도 제 자리에 찾아 넣을 수 있습니다.

즉 ① 그룹은 좌우대칭, ② 그룹은 상하대칭, ③ 그룹은 좌우·상하 동시 대칭, ④ 그룹은 그 외의 것이라는 것을 알 수 있습니다.

2. 습득된 지식과 이치를 통해 비가시적 의미를 추출

동의보감을 펴낸 조선시대 한의학의 진수, 허준 선생이 어느 날 지방 나들이를 갔다.

날이 저물어 조그만 마을에 머물게 되어 이런 저런 생각을 하다 늦게 잠자리에 든 선생은 다급한 목소리에 잠을 깼다.

"나으리, 우리 집사람 좀 살려 주십시오."

새벽녘에 들이닥친 마을 사람의 딱한 사정을 들어 보니, 자기 아내가 산기가 있어 사경을 헤매고 있다는 것이었다. 한양에서 멀리 떨어진 곳에서 묵고 있던 선생은 약재도 없고 시간도 없어 뾰족한 처방이 떠오르지 아니하여 난처한 표정을 지었다. 한동안 생각에 잠겨있던 허준 선생은 참으로 묘한 처방을 내렸다.

"앞뜨락의 풀섶에 가면 아직 이슬이 남아 있을 테니 깨끗한 이슬 한 모금을 받아 들게 하시오."

이야기를 들은 마을 사람들은 어리둥절했지만 그의 영험성을 들어 믿고 있었기에 이슬을 한 모금 받아 산모에게 먹였다. 물론 산모는 무사히 아이를 출산했고 모두 건강했다.

이윽고 허준 선생이 마을을 떠난 뒤 한참 지나 그 마을에 비슷한 일이 생겼다. 다만 산기가 지난 번과는 달리 새벽녘이 아닌 해질녘에 시작되었다. 과거의 경험을 알고 있던 마을 사람들은 이슬의 약효를 믿었던 터라, 산모에게 선생의 이슬 처방을 권했다. 그러나 깨끗한 저녁 이슬을 받아 먹은 산모와 아이는 모두 죽고 말았다.

허준 선생의 처방은 아침 이슬은 '풀어지는 것〔解〕' 저녁 이슬은 '맺히는 것〔結〕'과 같은 원리에 의한 것이었던 것이다.

결국 같은 이슬이라도 아침 이슬과 저녁 이슬의 효능은 다르다는 이야기다.

우리가 겪고 있는 여러 문제도 폭력과 같은 '저녁' 이슬로 엉키게 하는 것보다는 대화와 같은 '아침' 이슬로 풀어 나가야 할 것이다.

― 「아침 이슬로 풀어 나가야」3)

3. 대상을 통해 배우는 삶의 원리

뿌리의 세계도 사람 사는 곳과 다를 바 없이 얼키설키 엮여 있다. 앞길을 가로막는다고 쳐 없애려 하지 않고 서로가 비껴가는 배려가 보인다. 그 위로 풀들은 잔뿌리를 옆으로 뻗어 물기를 머금고 큰 나무는 긴 뿌리로 작은 나무와 어우러져 숲을 이루고 있다. 그러면서도 땅 위에서는 일정한 거리를 두고 해를 나누어 가진다. 아름다운 거리다. 밀착되었으면서도 지킬 것은 지켜주는 미덕이 있다.

그런데 개울 아래에는 커다란 나무둥치가 뿌리를 온통 드러내고 누웠다. 키 큰 나무는 바람을 타기 쉬운 탓도 있지만 그 키 때문에 작은 나무들을 허락하지 아니하였다. 작은 나무와 풀 한 포기에라도 손을 내밀어야 했으리라. 혼자 잘났다고 독불장군처럼 군 것 같아 씁쓸하다. 남을 위해 내미는 손이 오히려 나를 세우는 기둥이 되는 것을 뿌리들에게서 배운다.

— 송복련의 「뿌리」 중에서

4. 이질적 요소에서

수필은 삶에 대한 작가의 해석이요, 의미를 부여하는 인간학이라

---

3) 정주환, 『쉽게 쓴 수필 창작론』(푸른사상, 2005), pp. 339-340.

고들 말합니다. 세상을 바르게 읽고 세상과 소통하는 이치를 깨닫기 위해서는 "각각의 사물은 모든 다른 사물들의 거울"이라고 한 퐁티의 말에 귀 기울일 필요가 있습니다. 사물과 사물 사이에 존재하는 감각적 떨림을 읽을 수 있어야 하듯 전혀 이질적인 현상과 현상 사이에 존재하는 상호작용도 놓치지 말아야 합니다.

미국인들이 불가사의로 여기고 있는 것 중의 하나가 한국시장에서 맥도널드가 맥을 추지 못한다는 사실입니다. 한국시장에서의 롯데리아라는 강력한 라이벌 때문인 줄 알았습니다. 그러나 최근 자료를 보면, 애니콜이 새로운 모델을 출시하기만 하면 매출이 떨어졌다는 것입니다.

세계 증권시장의 창이라 할 수 있는 월가에서는 나라별 이종화폐 간의 교환비율을 정할 때, 미국에서 판매되고 있는 것과 동일한 맥도널드 햄버그를 그 나라에서 구입할 때 드는 비용을 기준으로 삼아왔습니다. 그리고 맥도널드 햄버그의 소비량으로 시중의 현금 유동성을 점쳐왔습니다. 이를 맥도널드지수라 하는데, 최근 월가는 애니콜지수를 함께 사용한다고 합니다.

미국 맥도널드 매출액의 증감이 한국의 삼성전자에서 출시하는 에니콜 또는 갤럭시의 신제품 출시에 영향을 받는다는 게 신기하지 않습니까?

이 관계를 알고 나서야 나이키 운동화의 매출 부진이 새로운 컴퓨터 게임의 출시 때문이란 게 쉽게 이해되었습니다.

5. 관계 속에서의 의미

침대를 배경으로 "이제 좀 쉽시다."라는 표현은 '신혼부부 간의 대화이냐 노부부 간의 대화이냐'에 따라 상황은 '자리로부터 나느냐, 자리로 드느냐'와 같은 정반대의 의미를 도출합니다.

같은 표현이라도 맥락에 따라 의미는 전혀 다른 방향이 된다는 것을 알 수 있습니다.

수필가는 바로 의미를 요리하는 사람입니다.

7 요셉효과 vs 노아효과
지폐의 날 위에 동전을 앉힐 수 있을까

　글 쓰는 재주는 타고나는 것인가, 아니면 후천적으로 노력에 의해서 이루어지는 것인가. 원고 청탁을 받고, 아님 과제로 한 편의 글을 작성해내야 할 때 멍하니 책상 앞에 앉아 이리저리 인터넷 서핑으로 시간을 보낼 때가 있습니다. 다른 사람들의 글을 보면 하나같이 그런 글감을 어떻게 만났을까 복도 많다는 생각을 떨쳐버리지 못합니다. 특별한 글감을 만나기만 하면 나도 저 정도의 글이야 싶은데, 야속하게도 하느님은 나에게 특별한 체험의 기회를 허락하지 않습니다.

　아주 드문, 재미있는 글감과 만날 수만 있다면, 글쓰기에서 최소한 반 이상의 성공은 확보한 셈입니다. 글 쓰는 사람이라면 누구나 독자에게 무언가 새로운 것을 내놓아야 한다는 강박관념에 사로잡혀 있다 할 것입니다.

만원권 지폐의 날 위에 동전을 앉힐 수 있을까?

펼쳐진 지폐의 날 위에는 아무리 과학적으로 균형을 잡아도 동전을 올려놓기가 쉽지 않습니다. 그러나 지폐를 반으로 접었다가 45도 각도로 벌리고 그 위에 동전을 올린다면 동전은 얌전히 앉아 있을 것입니다. 이때 지폐의 양끝을 당겨 봅시다. 지폐의 날이 일직선이 되었을 때도 동전은 잠시 기우뚱거리고는 균형을 유지할 것입니다.

접힌 지폐의 날 위에 올라앉은 동전은 상황이 바뀌더라도 떨어지지 않고 그 상태를 지속하려는 경향을 가집니다. 이를 요셉효과라 합니다. 반면에 동전이 균형을 잃기 시작하면 아무리 노력을 기울여도 떨어지고야 마는데 이를 노아효과라 합니다.

우리가 살고 있는 세상에는 노아효과와 요셉효과가 한 판 승부를 위하여 서로 각축을 벌이고 있습니다.

하늘 아래 새로울 것은 거의 없다할지라도, 변화와 이를 거부하려는 이 두 효과가 어떤 힘겨루기를 하고 있는지 살펴본다면 유의미한 일이 될 것입니다. 가시적으로 드러나는 효과도 있겠지만 현상의 이면에서 우리에게 읽혀져야 할 효과도 있습니다.

며칠 전 시골집에 갔다. 겨우내 먹을 요량으로 가을배추를 텃밭에 그대로 둔 채 비닐을 덮고, 그 위에 보온덮개를 덮어 두었다. 바람을 쏘여 주려고 덮개를 벗기는 순간 내 눈을 의심했다. 노랑나비한 마리가 바들바들 떨고 있었다.

비닐 안이 따뜻하니까 봄이 온 줄 알았나 보다. 어린 날개를 펴지 못하고 떨고 있는 모습이 안쓰러워 불이라도 지펴 주고 싶었다. 비닐 때문에 그렇게 할 수도 없으니 마음만 아플 뿐 도리가 없다.

조금만 더 있으면 따뜻한 봄이 올 텐데, 날개를 한번 펴 보지도 못할 가여운 나비는 기다림을 몰랐나 보다. 성급함이 맛있는 한과를 만들지 못하듯이 나비의 성급함은 하늘을 날 수 있는 환희를 잃어버리게 했다.

- 허임숙, 「봄을 기다리며」 중에서

아직 잔설이 겨울의 발목을 잡고 늘어지는 줄도 모르고 비닐하우스 속에서는 노랑나비가 서둘러 기지개를 켭니다. 이런 일이 어디 아무의 눈에나 띄겠습니까. 그리고 기다릴 줄 모르고 서두르기만 하다가 대사를 그르치고 마는 우리들의 모습과 연관을 지우고 있습니다.

이 글이 나비의 발견과 연민에 대한 기록으로 끝났다면 수필로 승화시키지는 못했을 것입니다. 글감과의 우연한 만남을 우리네 삶과 관련하여 어떻게 사색을 이끌어내야 할 것인가는 순전히 작가의 몫입니다.

그럼 아주 드문 특별한 글감의 발견이 없을 때, 즉 요셉효과 속에서는 마냥 붓을 들지 말아야 할까요.

이재에 눈이 밝은 사람들은 이 불경기의 와중에서도 눈 가는 곳마다 돈 벌 일뿐이라고 말합니다. 그들은 한숨만 내쉬는 세상 사람들을 안타깝게 여깁니다. 그들은 이 골목, 저 모퉁이에는 어떤 가게가 성업을 할 것인지 꿰뚫어 보는 사람들입니다.

또 성형외과 의사들은 사람들의 얼굴을 보면 곧잘 메스 한 땀만 대면 미인이 될 것이라고 말합니다. 어디 그뿐입니까. 글 쓰는 이들은 이것이야말로 글감이라고 감탄을 아끼지 않을 때가 있습니다. 이 세상에 널린 모든 게 글감인데 보통사람의 눈에는 왜 보이지 않을까.

들도 보도 못한 전혀 새로운 일과 만나거나, 이제까지의 인식의 틀에서 큰 오류를 발견해냈을 때 우리는 글을 써야겠다는 충동을 강하게 느낍니다. 그러나 우리의 일생에서 그런 행운이 나에게만 주어지기는 거의 불가능합니다.

집지킴이로 있는 커다란 진돗개의 밥을 끓이는 것이 문제였다. 가지치기한 사과나무 가지를 때었는데 연기만 풀풀 나고 불씨가 살아나지 않아 애를 먹었다. 농삿집에서 자랐다는 사람이 불도 때지 못해 눈물콧물을 흘려야 했으니 얼마나 민망스러운지. 해거름만 되면 가슴이 조여들었다. 돌이켜 생각하면 '벙어리 삼 년, 장님 삼 년'이란 그저 두렵기만 한 나의 신혼시절을 지탱하게 해준 것은 오로지 그 연기 덕분이었다.

바쁜 농사철에 결혼한 탓으로 석 달이 지나도록 친정 나들이 한 번 하지 못한 상태였다. 설상가상으로 남편과 떨어져 살면서 홀로 시집살이를 했으니 외롭고 서러운 맘을 어떻게 다 말하겠는가. 그렇다고 새색시가 식구들 앞에서 내색도 할 수 없고. 저녁마다 개밥 끓이는 솥단지 앞에서 연기를 핑계 삼아 눈물을 쏟아내었다.

산다는 일이 마음만큼 쉽지 않은지라 때로는 목 놓아 울고 싶을 때도 있는 법이다. 그럴 때마다 드러내 놓고 울 수는 없는 일. 속내를 들키지 않고 풀어 낼 수 있는 길을 찾아야 한다.

나는 외로운 시집살이를 연기 속에 묻어 버릴 수 있었지만, 내 딸은 무엇으로 객지 생활의 어려움을 덮고 살는지.

― 류재홍, 「쓸데없이」 중에서

위의 글에서처럼 무심코 지나쳤던 일상사도 관점을 달리하여 읽어내면, 모정을 그려내는 훌륭한 글감이 될 수 있습니다.

신혼 시절 연기는 서러움의 증폭제였습니다. 하지만 '산다는 일이 마음만큼 쉽지 않'기에 '속내를 들키지 않고' 카타르시스를 하게 한 고마운 연기이었음을, 딸을 시집보내고 나서야 깨닫게 됩니다. 그리고 이 예화는 여성으로서 우리 사회를 살아가는 아픔을 아주 낮은 목소리로 외침으로써 사회 현상에 초점을 모으게 합니다.

좋은 글감은 특별한 일에 있는 것이 아닙니다. 우리가 일상으로 겪는 생활 속에서 관점을 달리했을 때 발견될 수 있는 또 다른 삶의 의미입니다.

따라서 이제까지의 고정된 시각에서 벗어나 사물이나 대상 또는 눈앞의 현상을 다른 관점에서 해석해보고 그 이면을 되짚어 보아야 합니다. 그리고 이제까지 문제로 여겨왔던 현상이나 사실을 새롭게 정의해볼 필요가 있습니다. 대상이나 현상의 속성은 작가가 나타내고자 하는 주제와 어떤 유사성이나 동질성, 또는 상반성이 있는지 관련을 지어볼 일입니다.

그리고는 주제에 맞추어 맥락을 구성해보아야 합니다. 의미는 맥락에서 나오기 때문입니다.

> 이상한 옷을 사다 나르는 센스 없는 남편에게 하루는 아내가 참지 못하고 소리쳤습니다.
>
> "당신은 얼간이도 아니고, 어디서 이런 수준 이하의 옷을 사오는 거요!"
>
> "글쎄, 얼간인가 봐. 당신을 고른 것도 난데 말이요."

사실의 전달에 그치는 글쓰기는 수필이라 말하기 어렵습니다. 좀체 글감이 고개를 들지 않을 것 같은 요셉효과가 지속되지만 어느 시점에는 지나간 숱한 체험들 속에서 '글로 써 주시오.' 하면서 글 감들이 고개를 들 것입니다. 글감 역시 나의 뇌리 속에서 요셉효과와 노아효과가 힘겨루기를 계속하다가 어느 시점에서는 글이 콸콸 쏟아질 것입니다.

어느 한쪽으로 기울기 시작하는 시점, 즉 티핑 포인트(tipping point)를 맞을 것입니다. 다시 말하자면 글감은 작가에게 인내와 고통을 요구합니다. 하지만 그 고통이 클수록 돌아오는 발견의 기쁨 또한 배가될 것입니다.

글쓰기, 그 고통의 은근한 즐거움을 누릴 줄 아는 사람이 진정한 작가입니다.

반전의 발견과 그 묘미

삶은 곧 글쓰기입니다.

이 가설이 유효한 것은 삶이 글쓰기를 위한 제재를 제공하기 때문만은 아닙니다. 글과 삶 사이에는 서로간의 상호작용 외에도, 글과 삶은 제재로서의 불가분의 관계를 갖습니다. 따라서 성공적인 글쓰기는 성공적인 삶에서 그 해법을 찾을 수가 있습니다.

그럼 성공적인 삶은 어떤 것일까요. 흔히 말하는 권력과 부와 명예가 성공을 가늠하는 잣대는 아닙니다. 빈손에서 부를 축적하였든 재벌의 후예로 태어났든 평생을 써도 남을 은행 잔고를 가지고 있고, 권력이 하늘을 찌르고, 명예가 세상을 뒤덮는다 하여도 그 삶을 성공적이라 하기는 어렵습니다. 반전이 들어 있지 않기 때문입니다.

부나비처럼 치열하게 삶 속에 뛰어들지만, 종국에 우리가 발견하는 것은 미련스러웠다는 것, 최선이 아니라면 차선에라도 머물렀으면 좋겠다는 것입니다. 가지기 위해 갖추기 위해 허둥지둥 살았고, 뜻한 바를 비록 얻지는 못했지만 그 이상의 부산물이란 큰 열매가 손에 들어와 있음을 발견할 줄 안다면 최선과 어금지금한 차선이 아니겠습니까.

세상을 읽는 데, 즉 대상에 접근하는 데는 크게 두 종류의 렌즈가 있습니다. 그 하나가 '그래서'요, 다른 하나는 '그럼에도'입니다. 전자가 학문적 또는 과학적 접근 방법이라면 후자는 문학적 또는 해석적 접근 방법입니다. 경영학과 교수가 기업가로 변신하였을 때 성공을 이루기 어려운 것은 현실의 지식에 초점이 맞추어져 개인적 결정을 쉽게 내릴 수 없는 '그래서'에 더 많은 방점이 찍히기 때문입니다.

숲을 빠져나와야 숲을 제대로 볼 수 있듯이 우리는 눈앞에 펼쳐진 현실 세계만을 보기 때문에 전체를 보거나 그 이면에 포진하고 있는 진실을 보기 어렵습니다. '아는 만큼 보인다'는 말이 자칫 나를 중심으로 한 지식과 합리성에 근거하여 세상을 읽다보면 오류에 빠지기도 합니다.

나는 나에 대해 얼마나 알고 있을까.

나 속에는 '나만 아는 나' '나도 남도 아는 나' '남만 아는 나' '나도 남도 모르는 나'가 있습니다. '내가 알고 있는 나'도 기실은 상당히 왜곡되어 있을 수 있습니다. '나도 남도 모르는 나'의 영역이 워낙 커서 나 자신도 알게 모르게 그 영향을 받습니다. 글쓰기는 어쩜 '나도 남도 모르는 '나'에 다가가는 노력인지도 모릅니다.

'그래서'가 논리적이고 탐구적이면서 객관성에 근거한다면 '그럼에도'는 때로는 틀릴 수도 있는, 개인의 순간적 충동에 의한 직관이나 상식에 의존할 개연성이 큽니다.

원시인간에 비한다면 인간의 학습시간은 상상할 수 없을 정도로 길어졌습니다. 성체가 되는 기간이 인간만큼 긴 동물이 어디 있던가요. 학습의 효과만큼 우리의 인식체계는 '그래서'라는 신호적(sign) 고정관념의 지배를 받기 쉽습니다. 오늘날 세상에 횡행하고 있는 상호불신과 상처는 전문적이고도 오랜 학습의 기현상이 아니라고 장담할 수 없을 것입니다.

전문적 지식과 학습의 순기능을 탓할 의도는 전혀 없습니다. 다만 '그래서'라는 신호적(sign) 고정관념에서 벗어나(de-) '그럼에도'라는 탈신호적(design) 관점에서 세상이나 대상에 다가가 보는 것이 오히려 유용할지도 모릅니다.

작가는 글을 써 나가는 과정에서 반전을 만들기도 하지만, 성공한 작품은 작가가 반전을 발견한 연후에 씌여지는 경우가 허다합니다.

사금파리 같은 현실을 딛고 살지만 그 속에 반전이 있어 살맛나는 세상이 됩니다. 반전의 묘미가 깃든 작품이라면 작가 자신은 물론 독자들에게도 큰 보람을 안길 것이 분명합니다.

자등명법등명(自燈明法燈明), 등은 어둠을 밝히기 위해서 존재한다. 자기 자신을 등불로 삼고 진리를 등불로 삼으라는 말이 크게 다가오는 사월초파일. 원래는 부처님을 목욕시키는 '욕불절(浴佛節)'이라 하는데, 암흑에 빠진 중생을 밝음으로 이끄는 부처님의 공덕을 기리기 위해 연등행사 중심으로 이루어지고 있다. 이에 등을 밝히는 것을 등석(燈夕) 또는 관등절(觀燈節)이라고 한다.

P씨는 불심이 돈독하다. 차량봉사는 물론 절의 행사에도 지극정성이다. 부처님 오신 날, 불자들이 등을 밝히느라 북적였다. 등불을 밝히듯 지혜를 밝힘이 우선되어야 하지만 현실은 물질이 우선되어야 '낯이 서는' 모양이다. 언젠가부터 종교도 사업이라는 말이 심심찮게 떠돌아다니는 것에 마음이 편치 않다. 시선은 두둑한 지갑에 꽂힌다. 푸른 지폐의 개수에 따라 등 모양과 크기가 다르고, 등이 자리하는 위치도 달라지는 것이다.

연등접수가 한창인데, 노쇠한 할머니 차례가 되었다. 할머니는 속속곳에서 꼬깃꼬깃 접어두었던 돈을 꺼내었다. 삼만 원. 아들 며느리 손자 이름까지 빽빽하게 적어달라고 했다. 그리고는 또 부탁을 했다. 부처님을 모신 법당 안에 등을 달고 싶단다. P씨는 그러겠노라고 대답했다.

할머니와의 대화를 지켜보던, 옆자리에서 연등접수를 함께하던 보살이 '어찌 그럴 수 있냐'며 목소리를 높였다. 형평성을 따지며

삼만원짜리 등은 감히 법당 안에 달아 줄 수 없다는 것이었다. P씨는 가난한 사람의 부탁을 들어주는 것도 부처님의 자비가 아니겠느냐며, 사람마다 돈의 가치는 다를 것이라고 말했다. 할머니의 삼만 원은 '있는 집' 사모님의 삼십만 원보다 더 큰 가치가 있을 것이라고 반론했다. 여기저기서 수군거리며 패가 나뉘어졌다. 되느니 안 되느니 소란이 벌어지자 급기야 큰스님이 달려와서 중재를 하였다.

옛날 인도 사위국의 여인 '난다'는 부처님께 등불을 올리고 싶었다. 그러나 형편이 어려워 공양을 할 수가 없었다. 그녀는 자신이 구걸하여 얻은 동전 두 닢으로 기름을 사서 작고 초라하지만 정성껏 등불공양을 올렸다. 법회가 끝나고 시간이 흐르자 다른 등불은 꺼졌으나 난다의 등불만은 꺼지지 않았다고 한다. 참된 공양과 보시는 물질이 아닌 정성이었음을 일깨워주는 일화가 아니겠는가.

P씨는 속이 상했다. 참된 교리가 무엇인지 회의를 느끼는 중인데, 마침 친구에게서 전화가 걸려왔다. 거금을 희사하겠으니 등을 달아 놓으라는 것이었다. P씨는 정성을 다해 등을 달아주었다. 얼마 후, 한껏 위세 등등하게 절에 도착한 친구는 법당 안팎을 둘러보며 자신의 등을 찾아보았다. 그러나 소위 특석에는 등이 보이지 않는 것이었다. 이리저리 헤매다가 P씨를 찾아 온 친구는 자신의 등이 보이지 않는다고 의아해 했다.

P씨는 손가락으로 멀찌감치 떨어져 있는 해우소를 가리켰다.

친구는 안색이 하얗게 변해갔다. 법당 안에서도 눈에 띄는 자리에 떡하니 달아야 할 등을, 법당에서 멀리 떨어져있는 외곽지고 허름한 화장실 앞에 걸어두다니. 거금에 맞지 않는 처사라며 울분을 토했다.

P씨는 친구의 등을 토닥이며 달래었다.

"부처님은 어두운 곳에 불 밝히는 사람을 좋아한다네. 어두운 해우소앞에 등을 밝혀 중생들을 이롭게 하는 것이 부처님 뜻을 받드는 것이 아니겠는가."

— 노정희, 「등(燈)」

생물, '진화하는 글' 쓰기

글쓰기를 어려워하는 사람들이 많습니다. 특히 완벽주의가 몸에 밴 사람들은 더 심각하게 어려워합니다. 글감을 만났을 때 어떻게 주제를 잡아 써나가야 할지 막막할지라도, 일단 습작기에는 글쓰기를 저지르고 봐야 합니다.

글쓰기는 작가 자신의 깨달음을 세상에 알리는 일입니다. 그 깨달음이 크게 다가오면 글을 시작하기가 한결 수월하겠지만 대부분의 경우 깨달음은 글을 써 나가는 과정에서 진화하기 마련입니다. 글은 곧 생물이기 때문입니다.

다른 사람들의 공감을 얻으려 지나치게 안달하면, 글쓰기가 어렵게 생각되어 시도조차 하지 못합니다. 남들이 세상을 어떻게 보는지, 즉 남의 눈으로 세상을 읽으려 하기 때문입니다. 일단 글을 시작할 때는 자신에게 도취되어 자신의 절실한 눈으로 세상을 읽어야 합니다. 쓰고 난 연후에 시행착오나 오류가 있는지 냉철하게 살필 일입니다.

자신의 절실한 눈, 그 개별성만이 다른 사람의 눈높이와 같은 보편성을 이끌어 낼 수 있으며, 맛있게 글을 쓸 수 있는 지름길이 됩니다.

작은 가게에 가족의 생명줄을 걸었던 한 남자가 병에 걸려 운명의 시간을 맞이하고 있었습니다. 그는 평소 사랑하는 딸의 이름을 불렀습니다. 딸은 아버지의 뺨에 얼굴을 부볐습니다. 그는 다시 아들의 이름을 불렀습니다. 아들은 힘내시라면서 아버지의 손을 꼭 잡았습니다. 마지막으로 아내를 찾았습니다. 부인은, 당신 옆에 내가 있으니 안심하세요, 라고 말했습니다.

그러자 남편 왈, "아니 가게는 비워놓고 전부 여기 와 있으면 어쩌노!"

자기가 놓인 자리에서 본 세계는, 다른 사람이 그 자리에서 보더라도 결코 큰 차이가 나지 않을 것입니다. 다시 말하면 어느 누구와도 같을 수 없는, 차별화된 '나'이지만, 나에게는 경상도나 전라도 사람의 기질이 들어 있고, 한국인, 동양계, 나아가 사람의 일반적인 속성까지 잘 갖추어져 있습니다. 즉 개별성에 근거하여 글을 썼으나 그 속에는 어느덧 보편성을 내포하게 됩니다.

작가가 글 속에서 자신을 가장 잘 드러내기 위해서는 자신의 눈높이에 충실해야 합니다. 그래도 독자는 작가나 주인공의 자리에서 세상을 바라보게 됩니다.

수 년 전 일본에서 99세의 할머니가 낸 『くじけないで(약해지지 말고)』란 시집이 100만 부나 팔렸습니다. 이 시집에 나오는 시를 소개합니다.

> 나는 말이야, 사람들이/ 친절하게 대해주면/ 마음속에 저금해 둔다네//
>
> 외롭다고 느껴질 때/ 그걸 꺼내/ 힘을 내는 거야//
>
> 당신도 지금부터/ 저금해 봐/ 연금보다/ 나을 테니까//
>
> ─「저금」

> 나 말이야, 죽고 싶다고/ 생각한 적이/ 몇 번이나 있었어/
>
> 그렇지만 시를 쓰면서/ 사람들에게 격려받으며/
>
> 이제는 더 이상 우는 소리는 하지 않아/
>
> 아흔여덟 살에도/ 사랑은 한다고/
>
> 꿈도 꾼다고/ 구름이라도 오르고 싶다고
>
> ─「비밀」

누구에게나 가능한 생각이기지만 인생을 100년 가까이 산 인생의 종점에서 들려주는 이야기이니 독자는 훨씬 더 가슴으로 깨닫게 될 것입니다.

'산은 산이요, 물은 물이로다'는 초등학생을 비롯한 어느 범부나 말하고 이해할 수 있습니다. 그런데도 우리는 성철 스님과 함께 수행이라도 해본 듯 '맞아, 평생 도를 찾아 수행에 수행을 거듭하여도 결국 초발심 안에 중요한 게 다 들어있었네.'란 깨달음을 공유하게 됩니다. 그래서 글은 자신의 눈으로 세상을 읽고 써야 합니다.

인생에 대하여 어느 시인이 '바닷가 절벽 위에 핀 외로운 한 송이 해국'이라 읊었습니다. 인생, 그것 달콤하다 싶어도 들여다보면 씁쓸한 것입니다. 어느 철학자나 화학자보다도 약사가 '당의정'이라 표현할 때 우리는 더 잘 수긍할 수 있습니다. 마찬가지로 '도중하차가 안 되는 직행 버스'는 버스 기사가, '공수래 공수거하는 무전여행'은 여행자가, '완전한 정의를 못내는 제곱근'은 수학자가, '죽음으로 가는 사양산업'은 경제학자가, '언젠가는 나의 예비상품'은 장의사가 이야기할 때 가장 설득력이 큽니다.

2남1녀를 둔 어머니가 있었습니다. 남편을 일찍 여읜 그 부인은 혼자 힘으로 자식 셋을 잘 교육시켜 모두 결혼시켰습니다. 거의 전 재산이 자식 밑으로 들어갔습니다. 효성이 지극한 자식들인지라 매년 어머니의 생일 때만큼은 온가족이 한자리에 모여 어머니를 위로하고 기쁘게 해드렸습니다. 그러나 세월이 흐를수록 그들의 생활은 바빠졌고 마침내 어머니를 찾아뵈는 일조차 뜸해져갔습니다.

그러다가 어느 해부턴가 어머니는 생일이면 딸과 며느리들을 불러서는 자신의 주머니를 열어 그 속의 다이아몬드를 하나하나 가리키며 말했습니다. "내가 죽거든 이것은 큰며느리가 가져라. 이것은 딸, 이것은 막내며느리가 가진다." 보여만 주고는 다시 주머니를 닫아 잘 챙겨 두었습니다. 값비싼 다이아몬드를 선물로 준비해 놓고 사시는 어머니에게 자식들은 감격하여 최선을 다해 효도했습니다. 주말이면 노모와 함께 시간을 보내는 기회가 많아졌습니다.

오랜 세월이 흘러 어머니는 돌아가셨고, 삼우제까지 다 치렀습니다. 그리고 어머니의 생전 약속에 따라 자식들은 주머니를 열어 다이아몬드를 각각 나눠가졌습니다. 그런데 모두가 가짜였습니다.

흔치 않은 일입니다. 세상이 변했다고 해도 부모가 자식을 기만하다니. 당신이 이 집 며느리가 되어 솔직하게 글을 써 보십시오. 아마도 '야속합니다' '황당합니다' '저승에 가서라도 진품 받아내고야 말겠습니다' '배신감 느낍니다' '참 꾀가 많으십니다' 등 '세상에 나!'를 연발하면서 글을 시작할 것입니다.

그런데 글을 써나가다 보면 비록 짝퉁 다이아몬드 때문이었지만 자신들이 일상에서 정성껏 노모를 모시고 말벗이 되어 준 결과 그들은 이웃으로부터 효자로 칭송받았으며, 효자로 인정 존경받았기 때문에 그들을 도와주는 사람들이 많았다는 사실에 주목하게 될 것입니다. 뿐만 아니라 어른공경을 특별히 교육하지 않았지만 그들의 효행을 보고 자란 자식들 역시 효자가 되어 있었으며, 덕분에 좋은 가문과 혼인의 인연을 맺을 수 있었음을 깨닫게 됩니다.

가지면 가질수록, 자리가 올라가면 올라갈수록 바빠지는 것이 현대인의 삶입니다. 어머니의 가짜 다이아몬드는 아둔한 지식들을 속이기 위한 수단이 아니라 효자로 만들기 위한 지혜였음을 깨닫게 됩니다. 그리고 그 가짜 다이아몬드가 아니었다면 그들은 어머니가 돌아가신 후 불효에 대해 오랫동안 가슴아파했을 것입니다. 그래서 마침내는 '어머님, 감사합니다.'로 끝을 맺을지도 모릅니다.

시골 노인들이 미국으로 효도 관광을 갔습니다. 관광 도중 버스가 휴게소에 들렀습니다. 화장실에 'GENTLEMEN', 'LADIES'라고 적힌 것을 본 가이드가 영어를 잘 모르는 어르신들에게, "긴 글자가 남자 화장실이고, 짧은 것이 여자 화장실입니다."

다음 관광지에서 화장실을 다녀온 할아버지들이 긴 글자의 화장실 문을 힘차게 열고 들어섰는데 아뿔싸, 여자화장실이었습니다. 망신을 당한 할아버지들이 화가 나서,

"가이드 양반! 글자가 긴 것이 남자 화장실이라 하지 않았소?"

가이드가 화장실로 가 보니, 그곳 화장실엔 MEN, WOMEN으로 되어 있었습니다. 느끼고 깨달은 바가 진이 아닌 오류가 될 수도 있습니다. 그래서 작가는, 어느 경우에나 일반화해도 좋은가, 냉철하게 자신을 점검해야 합니다.

생각을 다한 연후에 쓰는 것이 좋기야 하겠지만, 써나가다 보면 자신도 생각지 못했던 좋은 생각이 떠오르고, 때론 특별한 깨달음에 이르기도 합니다.

글쓰기, 쉬운 일이 아니겠지만 망설이지 말고 우선 쓰고 보십시오. 그리고 생각하십시오. 글이 작가의 손 안에 있는 한, 글은 시간이 지남에 따라 작가의 사랑을 먹고 진화하게 됩니다.

10 마중물 : 당의 입히기
일기예보는 왜 빗나가는가

　우리가 쓰고자 하는 대부분의 주제에 관해서는 이미 많은 사람들
이 고민해왔기에 미끼를 던졌을 때 덥석 물지 않습니다. 신선도 또
한 떨어지게 마련입니다. 그래서 그 주제를 뒷받침할 현상으로 당의
를 입혀서 내보내기도 합니다.

　오래 전 「벌금 일천만 원 집행유예 일 년」이란 글을 발표한 적이
있습니다. 그 글을 읽은 사람들 중에는 나의 아들이 대학에는 잘 들
어갔는지, 또 재수기간 동안에 아비로서 고충이 컸겠다면서 동병상
련의 위로를 보내기도 했습니다. 심지어는 내가 아직도 재수생의 아
비인 줄 아는 이조차도 있습니다.

　그 글은 어느 경제신문의 '자녀교육'이란 고정란의 원고청탁에 응
한 것이었습니다. 본질적으로 아비로서 자식 교육에 대한 소회와 나

대로의 교육관을 소개하는 자리였습니다. 그런데 문제는 나의 자녀교육관에 대한 본질은 읽은 기억에 별로 남아 있지 않고 현상으로서 예를 든 재수생의 아비가 갖는 성적표인 '벌금 일천만 원과 집행유예 일 년'은 독자의 뇌리에 깊게 각인되었습니다.

내가 말하고자 했던 자녀교육관이란 주제는 대입 수험생을 둘 정도의 부모라면 이미 나의 수준을 앞서고 있었을 것입니다. 삶 속에서 지혜를 얻는 일이란 결코 쉬운 일이 아닙니다. 그렇다고 그렇게 얻은 지식이 아주 특별히 관심을 끌 만큼 대단한 것은 그리 흔치 않습니다.

그래서 나는 아들의 재수 이야기에 '벌금 일천만 원과 집행유예 일 년'이란 당의를 입혔는데, 사람들에겐 내가 하고자 했던 본질은 녹아들었는지 잊혀졌는지 모르지만 끌어온 현상만은 오래 기억에 남았던 것입니다.

중요한 야외행사를 앞두고 일기예보가 빗나가 난처해 한 적이 있을 것입니다. 그럼 일기예보는 왜 빗나갑니까?

기상이변 때문이라고요. 변화무쌍한 날씨를 분석하고 예측할 첨단 장비가 부족해서일까요? 앞에서도 언급했듯이 글쓰기에서는 분석적으로 답을 구하는 것이 아니라 해석을 구합니다.

라디오가 고장이 나서라든지, 기상대에 근무하는 사람들은 모두 건강한 사람뿐이라든지!

나이 드신 분들이 일기를 정확히 맞추는 것에 착안하여 쓰고자 하는 본질적인 주제의식을 도출해 내는 것입니다. 이 때 첨단장비를 사용하여 일기를 예측하지만 빗나가는 기상대의 일기예보를 당의정으로 하여 관심을 모읍니다. 이 때 다루고자 하는 본질은 빗나가는 기상대의 일기예보가 아니라 '나이는 공으로 먹지 않는다'이겠지요.

또 하나 예를 들어볼까요.

골프에 빠진 어느 목사님이 일요일 아침, 아프다는 핑계를 대고는 골프장에 나갔습니다. 마지막 홀에서 티샷을 하자 공은 380m를 날아서는 그린 위에 떨어졌습니다. 일행이 당도하여 공을 찾았더니 홀컵 속에 얌전히 들어가 있었습니다. 홀인원이었습니다. 이를 지켜본 천사가 의아하여 본분을 망각한 목사에게 벌을 내리시지 않고 홀인원을 선물한 하나님께 물었더니 하나님 가라사대, "자랑할 수 없는 저 마음이 곧 형벌이니라!"

자랑하고 싶은 것은 인지상정입니다. 특히 골프의 경우는 그 정도가 더 심하다 할 수 있습니다. 이것을 마중물로 하여 글을 시작한다면 주제는 어떻게 끌어내야 할지 자명해집니다.

글쓰기에서 당의정을 찾는 일은 이미 절반의 성공을 거두었다고 할 수 있습니다.

주제를 향하여

1. 주제의식

수필가들이 듣기 거북해 하는 말이 '신변잡기'와 '붓 가는 대로'입니다. 체험을 바탕으로 하는 글이라면 신변 일상사가 글감이 되는 것은 당연합니다. 우리는 '붓 가는 대로'의 의미를 말 밖에서 찾아야 합니다. 그럼에도 말 안에서 머물다 보니 치열하게 사유하지 않은 일상사, 사실의 전사에 불과한 글도 수필이란 오해가 만연한 것이겠지요.

수필은 작가의 사상과 감정을 객관화한 산물입니다. 작가 자신만이 발견하고 깨달은 사실이지만 독자도 그 도상에 있는 듯해야 합니다. 무의미하게 스쳐지나갈 사소한 일상에서는 의미를, 건성으로 지나치는 자연현상에서는 삶의 이치를 드러내야 합니다. 또 사람들과의 관계에서는 휴머니즘이 우러나야 합니다. 이러한 객관화는 사유를 거치지 않고는 불가능할지도 모릅니다.

예술작품은 작가가 객관적 상관물에 감정이입을 하여 얻어내는 산물입니다. 작가의 주관이 개입하는 것이지요. 수필에서 주제의식은 작가의 주관과 다르지 않습니다. 눈 안에 들어오는 세상이나 대상에서 무엇을 작품에 담아낼지 필터 역할을 합니다. 주제의식은 작가의 심미적 안목입니다. 대상을 충실히 내면화함으로써 공감대는 크게 형성하고, 그 작품은 산문정신에 더 투철해질 수 있습니다.

작가가 천착하는 어떤 주제의식이 그의 작품 전 편을 관통하는 끈기가 있어야 합니다.

(당근을 좋아하는 토끼가 한약재상 문을 열었습니다.)

토끼 : 아저씨, 당근 있어요?

주인 : 우리는 당근 안 판다.

　　　(다음 날 같은 시각)

토끼 : 아저씨, 당근 있어요?

주인 : 안 판다 했잖아.

　　　(다음 날 같은 시각)

토끼 : 아저씨, 당근 있어요?

주인 : 안 판다 했잖아. 또 당근 찾으면 귀를 확 짤라버릴 테다!

(다음 날 같은 시각)

토끼 : 아저씨, 가위 있어요?

주인 : …….

　　　(주인은 매우 화가 났다. 다음 날 같은 시각)

토끼 : 아저씨, 당근 있어요?

주인 : 그래, 여기 있다.

　　　(화가 난 주인이 삶은 무를 재빨리 토끼 입에 넣었더니 토끼의 이빨
이 왕창 빠졌다. 주인 회심의 미소를 짓다. 다음 날 같은 시각)

토끼 : 아저씨, 당근 쥬스 있어요?

주인 : ……. !!!!!

2. 사회 이슈와 수필 쓰기의 긴밀성

삶이 수필에 투영되고, 수필은 우리 삶에 영향을 주는 것은 바람직한 순환고리입니다. 주제의식이 강한 작가라면 현실에 발 딛고 선 이상 현실을 외면할 수는 없겠지요.

대부분의 이슈는 일시적 현상입니다. 우리 사회가 간과해왔던 일이 마치 봇물이 터지듯 세상이 떠들썩하다가 어느 때인가 갑자기 수면 아래로 가라앉습니다. 수필가는 우리 사회를 뜨겁게 달구고 있는

사회 이슈에 자신의 이해관계를 떠나서 감정으로 치우치지 말아야 합니다. 현실을 탐구하여 객관성을 담보하는 것이야말로 산문정신에 입각하는 일이기도 합니다.

사료값이 오르면 계란값은 오를까요, 떨어질까요?

수요공급의 원칙에 따라서 사료값이 올랐다면 닭의 숫자가 많아졌고, 따라서 생산된 계란의 양이 많아졌으니 계란값은 떨어져야 하겠지요. 사료값이 오르면 계란값도 연동되어 올라야 하거늘!

수필가는 동시대의 처방자이자 미래의 대안 제시자이어야 합니다. 자신이 천착하는 주제에 합당하는 이슈가 우리 사회를 들끓게 할 때는 필히 필봉을 휘둘러야 합니다. 다만 이런 이슈에 민감한 작품들은 그 생명이 짧기에 진정성으로 유한성을 극복해야 할 것입니다.

3. 정보와 수필, 추억과 수필에 대한 우열

작품의 성격이나 성향이 다르다하여 우열의 문제로 직결된다고는 보지 않습니다. 조리 정연한 수필 한 편으로 내 삶을 새롭게 변화시킨 일도 있지만, 가슴을 적시는 서정적인 수필 한 편으로 쌓인 체증을 후련하게 내린 적도 있을 것입니다.

바쁜 시간을 쪼개어 글을 읽었다면 무언가 건질 게 있다면 더없이 좋겠지요. 감성이 부족한 분이라면, 그리고 새로운 정보와 해석으로 독자를 설득하는 것이 용이하다면 이 방면으로 자신의 글 능력을 키우는 것도 나쁘지 않을 것입니다.

반면에 감성과 떠올릴 추억이 풍부하다면 그 추억을 오늘에 되살리는 것도 좋을 것입니다. 인생은 예정표대로 살아지는 것이 아니지요. 최선인 줄 알고 살았지만 그것은 언제나 차선에 불과했습니다. 추억은 약간의 여유를 가지고 내 삶의 이삭을 줍는 쏠쏠한 재미를 독자들에게 안겨 줍니다.

얻을 것은 있는데 글이 딱딱하여 읽히지 않는다면 작가의 헛수고요, 독자가 편안하게 읽었는데 건질 게 없었다고 불평한다면 작가로서는 마음 편치 않겠지요.

주제의식을 갖고 자신의 글이 지나치게 감성적이라면 지성화에, 지적인 데 치중되어 있다면 감성화에 노력을 기울일 필요가 있습니다.

현실을 점검하면서 미래에 대한 대안을 제시하는, 산문정신에 투철하자면 주제의식을 가져야 할 것입니다. 경험에서 우러나온 발견과 깨달음을 작가가 직접 서술하기에 수필은 교술문학의 주된 갈래로 자리한 것입니다.

체험 밖에서 글쓰기

1 언어의 유희와 사유의 확장

'삶은 계란'을 영어로는?

튼실한 열매를 얻기 위해서는 씨앗이 좋아야 합니다. 또 아무리 훌륭한 우량종자를 구했더라도 싹을 틔우는 기술이나 환경이 바르지 못하면 좋은 열매를 기대할 수 없습니다.

수필 쓰기 또한 이와 다르지 않습니다.

어렵사리 시간을 내어 수필집을 잡았다가 중도에 책을 접어야 하는 경우가 있습니다. 씨앗이 좋지 않았거나 싹을 잘못 틔웠기 때문입니다. 그럼 수필 쓰기에서 좋은 씨앗이란 어떤 경우를 이를까요?

우선 독자의 입장에서는 새롭고 신선하고 흥미로우며 교육적이거나 유익하면 좋겠지요. 문제는 이러한 씨앗들이 수많은 사람들의 눈에는 스쳐지나가고 나의 눈에만 들어오겠느냐 하는 점입니다. 어쩜 그런 씨앗들은 이미 동이 났을 수도 있습니다. 어제 본 세상이나 오늘 본 세상이나, 그가 본 세상이나 내가 본 세상이나, 사실은 그게 그것인 경우가 많아 새로울 바가 없습니다.

그렇다고 하늘 아래 새로운 것이 전혀 없지는 않습니다. 이제까지 익숙하게 보아왔던 견해와 다른 관점에서 세상을 보아야 합니다. 낯선 각도에서 바라보는 것입니다. 좋은 씨앗을 찾으러 한번 나서 보겠습니다.

씨앗이란 바로 글감이 되는 소재입니다. 주제를 결정하고 난 뒤에 소재를 찾는 경우도 있지만 우연히 작가에게 글감이 먼저 포착되어 글쓰기를 부추기기도 합니다.

요즘 직장에서 정년까지 살아남기가 여간 어려운 게 아닙니다. 세간의 말에 의하면 56세에 직장에서 밀려난다고 오륙도, 45세 한창 나이에 해고당하는 경우를 사오정, 억울하게도 38세의 명퇴는 삼팔선, 그것도 모자라 20대 태반이 직장을 구하지 못하는 세태를 빗대어 이태백이라 풍자하는 이야기를 들었습니다.

언어의 유희가 문학에서 간과할 수 없는 한 방법이라는 점을 감안한다면 글감으로는 충분하겠지요. 하지만 재미난 일의 소개는 이야기꾼의 몫이지 글꾼의 몫은 아닙니다. 그럼 이 구미 당기는 이야기를 씨앗으로 하여 어떤 싹을 틔울 수 있을까요.

수필은 자신을 포함하는 세상과 자연, 그리고 우주와 소통하는 깨달음에 뿌리를 둔다고 하면 너무 거창한 표현이 될까요.

직장에서 밀려나는 사람들에겐 여러 가지 사정이 있을 수 있겠지만 결국 구성원들과의 소통에 문제가 있었지 않을까요. 40대에 백수가 된 사람이라면 직장동료와 혹은 일이나 세상과의 소통에서 기능을 발휘하지 못한 사람이라 볼 수 있습니다. 그렇다면 사오정에 초점을 맞추고 싹을 틔워나가면 될 것입니다.

또 한 차례의 유희를 생각해봅니다.

최불암은 IMF가 닥치자 직장을 잃고 낚시터로 유원지로 하루해를 보내기 위해 안간힘을 쓰고 있었습니다. 배에서는 꼬르륵 소리가 수시로 신호를 보내왔습니다.

"삶은 계란이 왔어요~!"

눈이 번쩍 뜨였습니다. 하지만 고픈 배는 마침내 아플 지경이 되었습니다. 그때 '삶은 계란'이란 말이 최불암에게 비수처럼 꽂혔습니다.

'그래, 삶은 계란……!'

눈치가 빠른 당신은 글감 하나를 건졌구나 하면서 무릎을 칠 것입니다. 그럼 '삶은 계란'을 영어로 옮겨 볼까요. 계란은 알겠는데 '삶은'을 어떻게 표현하는 것이 좋을지, boiled egg 혹은 fried egg, 아무래도 마땅하지가 않습니다. 앞에서 지식적 접근이 글쓰기에서는 얼마나 쓸모없는 일인지 이야기했습니다.

"Life is an egg!"

'삶은 계란'과 통하는 맥이 보입니까?

일단은 재미가 있으니 글감으로 선택한다면 독자들은 호기심을 가지고 당신의 글에 빠져들 것입니다.

'삶은'에서 *삶*'았는이 아닌 *삶*'이란 —낯설게 뒤집어보기에 성공했다면 그 싹을 어떻게 틔울 것인가를 고민하게 됩니다.

'삶'은 아무래도 추상적일 수밖에 없습니다. 눈에 보이지 않는 삶이라는 본질을 작가가 아무리 잘 설명하더라도 독자는 따분해할 것입니다. 그래서 작가는 가시적인 현상 즉 아직 해석되지 않은 카오스인 달걀의 속성에서 이제까지 듣지도 보지도 못한 낯선 방법의 해석을 통하여, 궁극적으로 우리가 얻고자 하는 삶이라는 본질을 재해석하는 것입니다. 즉 보이는 것, 계란을 통하여 보이지 않는 삶을 해석하고 의미를 부여합니다.

이 과정에서 설득력의 키는 계란과 삶이라는 양자 사이의 동일성, 동질성 또는 유사성의 규명입니다. 즉 삶과 계란의 속성에서 동질성이나 유사성을 추출하여 비유와 상징을 통하여 인간 삶의 본질적 의미를 찾는 것입니다.

인간 '삶'이라는 본질을 계란의 속성에서 찾아보겠습니다.

1. 세상사 모나지 않게, 인생사 둥글둥글, 조심조심 살아야 합니다.
   —계란의 모양에서, 그리고 쉽게 깨어지는 속성에서.
2. 욕심 부리지 말고 남과 더불어 살아야 합니다. 이기적 생각에서 노른자만 섭취하면 건강에 빨간불이 켜지는 것은 시간문제입

니다. 이해가 상반되는 사람들이 모여 함께 조화로운 사회를 이룹니다.

　－노른자와 흰자가 하나의 울타리 안에 들어가야 비로소 하나의 달걀이 됩니다. 결코 따로가 아닙니다.

3. 사는 동안 어떤 경우에도 열 받지 말고, 유연하게 순리대로 살아야 합니다.

　－열을 받으면 세상 만물이 녹아서 다 유연해지는데 계란만은 굳어집니다. 굳어진다는 것은 죽음입니다.

4. 하잘것없는 삶을 산다 하더라도 당신은 존귀한 존재이니만큼 가치로운 삶을 영위해야 합니다.

　－계란, 값은 싸지만 완전식품으로 가치는 높습니다.

5. 스스로 깨어나시라. 남이 깨면 후라이, 내가 깨면 생명이요, 부활입니다.

　－후라이가 될 것인가, 생명으로 거듭날 것인가. 내 인생의 주인은 '나'입니다.

6. 일탈을 꿈꾸더라도 곧 자신이 세운 가치의 줄기로 되돌아와야 합니다. 여행에서 궁극적 목적지가 집이듯이, 당신이 어떤 삶을 살든 그것은 당신 자신에게로 귀결되어야 합니다.

　－타원형에 깃든 조물주의 섭리를 생각해 보시라. 공처럼 둥글기만 하다면 끝간 데 없이 굴러갈 수밖에 없습니다. 타원형은

곧 제자리로 돌아가라는 뜻입니다.

7. 당신이 아무리 발버둥을 쳐도 때맞추어 도와주는 이가 없다면 성공할 수 없습니다.

　─계란이 다음 생으로 이어지기 위해서는 껍질을 깨고 나와야 합니다. 빈틈이 없는 계란 속에서 병아리가 꺼내달라고 껍질을 두드릴﹝啐﹞ 때 어미닭이 때맞추어 쪼아﹝啄﹞ 주어야 합니다. 이 때 서로 엇박자가 된다면 살아남지 못합니다. 이를 줄탁동시﹝啐啄同時﹞라 합니다.

이 외에도 우리가 세상을 사는 이치와 계란의 속성 중에는 유사점이 많을 것입니다.

이때 최불암이 주의해야 할 점은 큰 발견이나 한 것처럼, 지적 유희를 자랑할 양으로 사람살이와 계란의 유사성을 모두 조사하여 나열해서는 감동적인 글이 될 수 없다는 점입니다. 하나의 작품 속에는 하나의 주제가 들어가야 하기 때문입니다.

실직이라는 삶 속에서의 뼈저린 아픔을 계란을 통해 깨닫는 관조의 모습을 보여줄 때 문학적 완성도가 높아진다는 점입니다. 자신의 실직이 계란의 어떤 속성과 연결되어야 설득력을 가질까요.

모가 난 대인관계, 이기적 행동, 쉽게 열을 받는 성격, 혹은 자신의 삶의 가치를 제대로 설정하지 않은 탓인지 생각해볼 일입니다.

열심히 노력했으나 줄탁동시를 하지 못해서일 수도 있겠지요.

'붓 가는 대로'의 영향을 받아서인지 많은 수필작품들이 재미난 혹은 특별했던 이야기들을 나열하고 반성적 다짐이나 교훈이 될 만한 말로 포장을 하여 마무리합니다. 이런 경우 씨앗은 그다지 나쁘지 않았다고 볼 수 있습니다.

중요한 것은 이 씨앗이 주제를 설명하는 데 얼마나 기여할 수 있느냐, 그리고 원하는 주제의 설득을 위해 어떻게 싹을 틔우고, 열매를 맺게 할지는 작가가 고민해야 될 일입니다. 그런 고민을 즐기는 사람이 바로 수필가입니다.

2 체험 밖에서 수필 쓰기

Life is from B to D

하늘 아래 새로운 것이 있을까요?

글쓰기에서나 삶에서의 성공적인 잣대는 크게 다르지 않습니다. 새롭고 신선하고 흥미 있고 또 유의미한 것을 추구할 수 있다면 그는 삶 속에서도, 글쓰기에서도 이미 성공에 한 발자국 가깝게 서 있습니다. 그래서 작가는 늘 새로운 것을 추구하기 마련입니다. 새로운 시각으로 대상을 관찰함으로써 다른 작가나 독자가 미처 살피지 못한 부분을 읽어내려 합니다.

수필가들이 글쓰기에서 힘들어하는 부분 중 하나가 체험을 전제로 하는 자기고백의 테두리 안에 갇히다 보니, 새로울 것도 없고 신변잡기에 흐르기 쉬운 글을 써내야 한다는 것입니다. 시시껄렁한 노출 또한 글을 쓰고 난 뒤에 개운하지 않은 부담으로 남습니다.

따라서 사유를 통한 인식의 지평을 넓혀가는 일 또한 수필가들이 간과하지 말아야 할 일입니다. 자신의 지식이나 과거 경험을 배경으로 사유를 확대하여 기존의 인식체계를 낯설게 바라봄으로써 새로운 의미를 생산해낼 수 있습니다.

이 때 가설의 설정이 매우 유용합니다. 즉 A는 B다. 또는 A는 B하다의 경우이겠지요. 예를 들어

Life is from B to D. Between them there is C.

(인생은 B에서 D까지다. 그 사이에는 C가 있다.)

이 가설을 충족시키기 위해서는 B, D 그리고 C는 무엇이 될 수 있을까요?

'Life is from Birth to Death.'(인생은 나서부터 죽을 때까지)라 합시다. 그럼 B와 D 사이에 있는 C는 무엇이라 유추할까요. Choice(선택)라 하는 사람이 있는가 하면 Competition(경쟁), Compassion(동정), Comparison(비교), Canal(운하), Candy(사탕) 혹은 Comrade(동료)라는 사람도 있을 것입니다. 글 쓰는 이의 삶 속에서 가장 중요하게 다가온 것이 자리할 것입니다.

요즘은 인공 미인이 많다. 인공 미인일수록 유행에 민감하다. 입는 것이 유행하면 더 많이 입고 벗는 것이 유행하면 앞 다투어 벗는다.

요즘은, 입기는 하되 많이 내보이는 것이 유행이다. 윗옷은 내

려 입고, 아랫옷은 올려 입는다. 그래도 안심이 안 되면 중간 부분을 드러내 보이기도 한다. 어깨와 가슴과 배꼽과 다리가 다 드러났다. 입을 것을 덜 입은 것인지 벗을 것을 덜 벗은 것인지 알 수가 없다.

번식이 끝난 지 오래인 사내들은 덜 입은 것이 위험스러워 보여서 애가 타고, 아직도 번식력이 넘치는 사내들은 덜 벗은 것이 아쉬워서 몸이 단다. 인공으로 미인이 되어, 덜 입거나 덜 벗는 패션으로 뭇 사내들을 애태우고 몸 달게 하는 것은 폭력이다.

— 강호형, 「폭력」 전문

위의 작품에서처럼 사유를 통해서도 충분히 폭력이라는 의미를 새로운 시각에서 도출해낼 수 있습니다.

온전히 나의 것으로 등록되어 있지만 남이 더 많이 부르고 사용하는 것이 이름입니다. 네 눈으로 나를 들여다볼 수 있는 이름, 그 속에 들어있는 나의 운명과 삶에 대해 의미를 구성해 봅니다.

'이름'은 '이르다'에서 온 말입니다.

사물의 모양이나 현상을 전달하기 위하여 이르다(謂, say, label)는 뜻으로 이름 붙이기, 즉 가장 잘 설명되는 말로 표현하겠지요. 옥수수, 애기똥풀, 개불알꽃, 할미꽃 하면 이름에 맞는 모습이 떠오릅니다. 이름 없는 풀꽃이 없듯 세상 만물에는 그에 맞는 이름이 있습니다. 나의 이름은 세상으로 향하는 문인 동시에 세상과 구분 짓는 또 하나의 표현입니다. 현재 청와대 주인과 내 이름이 같을지라도 나의 이름은 대통령과 구분되는 또 다른 나만의 존재양식을 표현하는 방법입니다.

어떠한 상태에 다다르다(達, arrive)는 의미입니다. 부모는 자식의 이름을 짓기 전, 자식의 앞날에 대한 청사진을 그려보고 간절한 소망을 이름에 담습니다. 그 이름 속에는 부모의 간절한 기도가 담겨 있습니다. 앞으로 그 이름을 부르게 될 수많은 사람들의 염원도 하게 담겨지겠지요.

호적상의 이름만으로는 어떤 사람을 표현하는 데 부족한 경우가 있을 수도 있습니다. 그 사람의 현재 모습과 이름이 동떨어져 있을 때 그를 가장 잘 표현하는 이름이 별명입니다. 그리고 그에 대한 염원이 가장 잘 담겨 있는 이름은 호입니다.

그래서 우리 조상들은 성명 외에 예명, 별명, 별호, 호, 아호, 자호, 택호 등을 사용했습니다. 요즘은 아이디, 닉네임 등이 널리 사용되고 있습니다. 이름을 붙이는 사람들의 의도와 사회적 양해가 그 속에 녹아있다고 생각할 수 있습니다.

이름은 현재의 모습을 가장 잘 나타내는 표현인 동시에, 앞날에 이루어야 할 기도입니다. 그리고 기도는 마음속에서 유효한 것이 아니라, 비로소 발화되어짐으로써 구체적 실행단계에 들어갑니다. 새로운 호를 받았을 때, 지인들을 불러 호턱을 내거나 잔치를 벌이기도 하는데 이런 연유에서입니다.

　이름을 크게 짓고 많이 불러주는 것이야말로 개인의 발전을 위해서 바람직한 일입니다. 그런데 조상들의 호를 보면 의외로 겸손합니다. 능력보다 큰 호는 제 몸보다 큰 고급 옷을 입는 것과 같습니다. 일을 할 때는 무명옷이 비단옷보다 만만하여 능률을 더 많이 올릴 것입니다. 그리고 능력보다 큰 이름값을 하려고 평생을 종종걸음으로 살아야 한다면 결코 행복한 삶을 살 수는 없을 것입니다. 창공을 나는 노고지리가 화려한 자태의 공작을 부러워하지 않는 이치와 같지요.

　나의 닉네임은 봉황터로 쓰고 있다. 이 닉네임을 듣고 나를 교만하거나 도도한 사람으로 여기는 이들이 있다. 허나 난 결코 봉황이 아니다. 나와 관계하는 이들이 모두 봉(♂)이요, 황(♀)이 되시라는 염원을 담고 있다. 나와 함께 공부하는 사람들이 봉황이 되어야 할 것이요, 나와 비즈니스를 하는 저자나 독자가, 나의 작은 일터에서 성심으로 일해 주는 직원들이 봉황이 되어야 한다는 것이다. 그래서 내 삶은 영화나 영광과는 거리가 멀 수밖에 없다. 이에 따른 고 달픔을 즐겨야 한다.

한자를 좋아하는 분들에게는 대봉대(待鳳臺)로 쓰고 있다. 소쇄 원 입구의 대봉대에서 따왔다. 봉황을 기다리는 곳이란 원래의 뜻 이 소리로 발원할 때는 '큰 봉들의 대학'이 되어 기분이 좋다.

많은 봉황들에게 내 작은 어깨를 내어놓는다.

— 졸작 「봉황터」 중에서

조상들은 부모로부터 얻은 이름이 나쁜 일에 남는 것을 경계하였을 뿐만 아니라 이름이 함부로 불리지 않도록 소중히 여겼습니다. 그래서 어른이 되어서는 자(字)로 호칭하였고, 성가하여서는 처갓곳이나 벼슬을 따 택호(宅號)로 사용하였습니다.

나의 이름에는 어떤 의미가 담겨 있을까요. 의미는 곧 힘입니다. 많은 한국영화에서 변강쇠 역을 맡는 배우는 이대근입니다. 주위에서 대근이나 장근이란 이름의 사람을 살펴보십시오. 남자의 튼실한 기상이 느껴질 것입니다. 이름 속에 숨어있는 무시무시한 힘의 비밀 때문입니다. 이름에 깃든 그 비밀을 발견했다면 성공의 열쇠는 이미 그대 손에 쥐어진 것이나 다를 바 없습니다. '조지 부시'가 미국의 대통령이 된 것도, '또뛰'가 이태리에서 축구 스타가 된 것을 보더라도 한국에서 좋은 이름은 외국에서도 그대로 적용되는 모양입니다.

사람이란 대체 묘한 존재다. 이 세상에 태어난 것이 우선 묘하고, 어디서 왔는지, 어디로 가는지, 무엇 때문에 사는지도 모르면서 살아가는 것이 묘하고, 그러면서도 무엇을 생각하려고 하는 것이 묘하고, 백인백색(百人百色)으로 얼굴이나 성미가 각각 다른 것이 또한 묘하다.

모르면 약이요 아는 게 병인 데도 아는 체하는 것이 묘하고, 뛰는 놈 위에 나는 놈이 있건만 다 뛰려고 하는 것이 묘하다.

제 앞에 죽어 가는 놈이 한없이 많은 것을 뻔히 보면서도 저만은 영생불사(永生不死)할 줄 아는 멍텅구리가 곧 사람이요, 남 곯리는 게 저 곯는 것이요, 남 잡이가 저 잡인 줄을 말끔히 들여다보면서도 남 잡고 남 곯려서 저만 살찌겠다는 욕심쟁이가 곧 사람이다.

산속에 있는 열 놈의 도둑은 곧장 잡아도 제 마음속에 있는 한 놈의 도둑은 못 잡는 것이 사람이요, 열 길 물속은 알 수 있어도 한 길 사람 속은 모른다더니, 십 년을 같이 지내도 그런 줄 몰랐다는 탄식을 발하게 하는 것이 사람이란 것이다.

요것이 대체로 말썽꾸러기다. 차면서도 뜨겁고, 인자하면서도 잔인한 말썽꾸러기다. 내가 만일 조물주였더라면, 천지 만물을 다 마련하여도 요것만은 만들어 내지 않았을 것이 곧 사람이다.

　사람은 묘한 존재다. 나 자신 이런 소리를 하고 있으니, 사람이란 참 묘한 존재다. 알고도 모를 존재다.

－ 이희승, 「묘한 존재」(≪서울신문≫, 1946)

　하늘 아래 새로울 것이 없다고 하나, 체험에 매달리지 않고도 수필을 쓸 수 있습니다.

　가설이나 전제에 대하여 증명으로 확인시키는 것은 학문의 기능이요, 해석을 통하여 의미화하는 작업은 문학의 영역입니다.

3 영양괘각(羚羊掛角), 말 속에 갇히지 않다

보물찾기 혹은 숨바꼭질

영양괘각羚羊掛角이란 말이 있습니다.

영양은 자신의 뿔을 나뭇가지에 걸고 매달려서 잠을 잡니다. 영양의 발자국을 쫓던 사냥꾼은 결국 영양을 놓치고 맙니다. 문학이나 예술에 있어서도 말에 갇히다 보면 독자는 작가가 의도하는 바를 제대로 파악할 수 없게 됩니다.

작가는 의미라는 보물을 작품 속에 꼭꼭 숨겨둡니다. 작가가 열어둔 작품 속의 미로를 헤매던 독자가 너무 일찍 의미를 찾아버려 작품을 끝까지 읽어보지도 않고 게임이 끝나게 해서는 안 됩니다. 그렇다고 지루함을 느껴 중도포기하게 하는 것 또한 작가의 능력부족입니다. 호기심으로 뛰어들어서는 시종 긴장을 유지하면서 끝까지 읽어낸 독자의 손에 보물을 쥐어주는 것이야말로 작가의 능력입니다.

그래서 훌륭한 예술품은 작가와 감상자 사이의 줄다리기이자 한판 숨바꼭질입니다.

강의실에 앉은 학생 중 하나가 모자를 쓰고 있습니다. 보수적인 교수는 실내에서 모자를 쓰는 행위가 자신의 권위에 도전하는 것으로 여겨져 마음이 불편합니다. 그 자리에서 퇴실을 명하든가 모자를 벗으라고 충고하기에는 그 학생의 자존심을 건드리는 것 같습니다. 마음 여린 교수는 이러지도 저러지고 못하고 불편한 심기를 감추고 있는데, 드디어 좋은 생각이 떠오릅니다.

"오늘 이 학생이 왜 모자를 쓰고 있는지 아는 사람 있어요?"

잠시 후 이유가 될 만한 이야기들로 강의실이 잠시 소란스럽습니다. 대머리, 새치, 가발, 아파서, 머리를 팍팍 깎아서……. 잠시 후 교수는,

"머리가 나빠서지요. 눈 나쁠 때 안경 쓰잖아요."

결국 그 학생은 모자를 벗지 않을 수 없습니다. 만약 모자를 벗지 않는다면 그는 보물찾기에서 실패한 사람이겠지요.

훌륭한 작가는 보물 숨기기와 미로 건설의 달인이라 할 수 있습니다. 길을 가르쳐주지는 않지만 끝까지 찾아가게 만들어야 합니다.

침대를 곤충이라 하신다면 이해가 되시겠습니까?

화자는 의미를 곤충에 숨겨두었습니다. 침대와 곤충을 연결하는 데는 '잠자리'가 있기 때문입니다. 언어유희를 좀 더 진행해 볼까요.

1. 현금 '일억 원'을 사자성어로 하면?　　　　　파란만장

2. '술과 커피는 안 팝니다.'를 4자로 하면?　　　주차금지

3. 보신탕집으로 끌려가는 개의 소원은?　식인종으로 태어나는 것

4. 가짜 참기름에 가장 많이 들어가는 재료는?　　진짜 참기름

5. 소가 가장 무서워하는 말은?　　　　　　소피보러 가다

6. 팬티를 다섯 자로 하면　　　　　　　　고추잠자리

　작가는 독자가 말 속, 사전적 정의에 머물지 않고 의미에 도달할 수 있도록 미로를 개척합니다. 성공하는 남자가 되기 위해서는

1. 벗기기 좋아하기보다　　　　　　　　벗을 좋아하는

2. 박사보다　　　　　　　　　　　　즐겨 밥 살 줄 아는

3. 안주하기보다　　　　　　　　　　　　완주하는

4. 포용력보다　　　　　　　　　　　포용력 있는

5. 나체를 탐하기보다　　　　　　　　니체를 탐구하는

6. 정력적이기보다　　　　　　　　　　정열적인

7. 밝히는 사람보다　　　　　　　　　　밝은 사람

등과 같이 대상에서 요구되어지는 의미를 발음의 인접성에서 유추해 볼 수도 있습니다.

새끼 새 한 마리가 우듬지 끝에서 재주를 넘다가 / 그만 벼랑 아래로 굴러 떨어졌다. / 먼 길을 가던 엄마 새가 온 하늘을 가르며 / 쏜살같이 급강하한다. // 세계가 적요하다.

－이시영, 「화살」 전문

산호(珊瑚)와 진주(眞珠)는 나의 소원이었다. 그러나 산호와 진주는 바다 속 깊이깊이 거기에 있다. 파도는 언제나 거세고 바다 밑은 무섭다. 나는 수평선 멀리 나가지도 못하고, 잠수복을 입는다는 것은 감히 상상도 못할 일이다. 나는 고작 양복바지를 말아 올리고 거닐면서 젖은 모래 위에 있는 조가비와 조약돌들을 줍는다. 주웠다가도 헤뜨려 버릴 것들, 그것들을 모아 두었다.

내가 찾아서 내가 주워 모은 것들이기에, 때로는 가엾은 생각이 나고 때로는 고운 빛을 발하는 것들이 있는 것 같기도 하다. 산호와 진주가 나의 소원이다. 그러나 그것은 될 수 없는 일이다. 그리 예쁘지 않은 아기에게 엄마가 예쁜 이름을 지어 주듯이, 나는 나의 이 조약돌과 조가비들을 '산호와 진주'라 부르련다.

나에게 글 쓰는 보람을 느끼게 하는 서영이에게 감사한다. 그리고 이 책이 나오도록 도와주신 여러분께 감사한다.

－ 피천득 시문집 『산호와 진주』의 머리말

이시영은 새와 우듬지를 글감으로 하여 화살이란 제목으로 글을 썼으나 글 속에 숨겨진 의미는 모성애입니다. 이렇듯 작가는 독자와의 보물찾기 놀이를 즐기는 것입니다. 금아 피천득 역시 자신의 글을 산호와 진주 속에 숨겨두고 독자와 숨바꼭질을 합니다. 이러한 숨바꼭질 혹은 보물찾기 놀이는 독자로 하여금 작가의 의도를 지식으로 인식하게 하는 것이 아니라 감동으로 의미에 닿게 하는 것입니다.

눈에 넣어도 아프지 않을 서울의 손자녀석이 모처럼 대구 할머니 집에 왔다. "함머니 함머니." 하며 치맛자락을 잡고 강아지처럼 따라다닌다. "우리 강생이."라며 자지러진다. 녀석이 하자는 대로 다 들어준다. 손자가 법이다. 며칠이나 떠먹여 주고, 놀아주고, 재워주면서 손자사랑에 푹 빠졌다. 신경통도 날아가 버린 듯하였다. 나까지 덩달아 좋았다. 손자사랑엔 장군 멍군이니까.

아내는 후한 점수를 따놓은 양 대단한 자신감을 느꼈던 모양이다. 평소에는 외할머니와의 사랑 경쟁에서 밀린다고 여겼던지. 네 살배기 녀석 앞에서 할머니의 체통머리는 아랑곳하지 않고 시험에 들기를 자청한 것이다. 마음의 기울기로 재는 손자 녀석의 양팔저울에 사랑의 무게를 달아보겠다고 대들었다. 그것이 누가 더 무거운지 결판내는 단판승부의 버거운 시험인데도.

깔깔대며 즐거워하는 녀석을 보고 기회라고 여겼음이 틀림없었을 터. 녀석의 기분이 꼭지인 소프라노까지 올랐을 때 "할머니와 외할머니 중에 누가 더 좋아?" 하였다. 그것도 녀석의 양팔저울에 직접 매달린다. 그러나 녀석이 '외할머니'라는 말에서 헤매고 있는 듯 보였던지 얼른 눈치 챈 아내가 "대구 할머니와 구미 할머니 중에 누가 더 좋아?"라고 풀어준다. 양팔저울의 기울기는 바로 기울어진 모양이다. 바로 결판이 났으니. 너무나도 또렷하게 "구미 할머니."

아내가 심통이 났는지 할아버지 사랑무게까지 달아보게 한다. 아내의 짐작대로 녀석은 "구미 하버지."라고 하였다. 혼자가 아니라 함께 받은 점수여서인지 서운함의 높이를 낮추는 듯하였다. "아이들은 거짓말할 줄 모른다."면서 어깃장이 난 단판승부의 허탈함을 애써 감췄다. 그러나 구미 할머니가 구축해 놓은 사랑의 성벽이 무척 튼튼하고, 높다고 여기는 듯 보였다.

많은 초등학생들도 모른다는데 네살배기가 어떻게 '외할머니'를 알 수 있으랴. 세상은 몰라보게 변했다. 출가외인, 여필종부, 삼종지도가 의미하는 '남성 중심 사회'가 막을 내리고 그 자리에 '막강 여성시대'를 열어가고 있으니까. 이미 법으로 처부모를 친부모와 같은 반열에 올렸고, 아이들의 친 외가 지향은 이성의 잣대로도 나무라거나 막을 수 없는 세상이다.

과거 할머니와 외할머니로 구분하던 호칭이 이제 대구 할머니와 구미 할머니로 바뀌었다. 오늘날 많은 이들은 거꾸로 친할머니와 할머니로 불려진다고. 그러니 할머니는 친할머니로, 외할머니는 그냥 할머니로. 결국 과거의 외할머니란 외로운 자리에 친할머니가 자리하게 된 처지가 아닌가. 선 돌이 박힌 돌을 빼고 그 자리에 누운 격이다. 반세기 만에 이룬 엄청난 변화의 자리에.

아이들은 어머니에게서 삶을 시작한다. 어머니로부터 사랑과 미움을 배운다. 어머니라는 창을 통해 세상을 배운다. 뿐만 아니라 어머니의 표정에서 평화와 불안을 체험한다. 그래서 어머니를 통해서 할머니와 친할머니, 할아버지와 친할아버지에 대한 변별력을 키워 가리라. 이것이 바로 넘기 힘들어 하는 사랑의 성벽이 아닐는지. 이제 손자사랑 게을리 하면 친할머니 친할아버지 대접받기 어려운 세상이 되어버렸다.

예부터 자녀 입에 밥 들어가는 것과 자기 논에 물 들어가는 것이 가장 보기가 좋다고 하지 않던가. 자녀사랑, 손자사랑의 경쟁은 아무리 치열해도 지나침이 없으리라. 그 사랑의 경쟁은 뺄셈경쟁이 아니라 덧셈경쟁이기 때문이다.

손자사랑은 시기할 수도 없고, 또 게을리 할 수도 없으리니. 비록 '친(親)'자(字)가 붙어 '외(外)'자(字) 대신에 불려도, '친(親)'자(字)의 뜻과는 반대로 더 외로울지라도.

　　　　　　　　　　　－ 은종일, 「'친'자가 붙어 더 외로운」

외할아버지는 할아버지로, 할아버지는 친할아버지로 호칭이 바뀌어가는 세태의 변화를 실감합니다. 위의 수필 역시 '친'이 사전적 의미에 국한되는 것이 아니라 '더 외로운' 아이러니를 생산합니다.

대상이나 작가 앞에 나타난 세계를 사전적 정의에 머물게 하는 것이 아니라 대상과 삶 사이의 동질성, 유사성 그리고 상반성에서, 혹은 동음이의어, 발음의 인접성 등에서 삶의 의미를 해석하게 합니다. 독자에게 어떤 이견도 생길 수 없는 역설적인 인식의 연결고리를 낯설게 보여줌으로써 언어의 유희는 극치를 달리게 됩니다. 물론 사전적 의미나 정답과는 거리가 먼 해석이어야 하지요.

글쓰기라는 보물찾기 게임에서 작가는 우선 언어의 제약에서 벗어나 상상의 나래를 자유로이 펼칠 수 있어야 하겠습니다.

4 모국어 사랑
한국인, 한국어

"버스에서도 레스토랑에서도 만나게 되는 사람은 다 한국인이고,
그들이 쓰는 언어도 한국어 하나뿐이어요!"

수 년 전 한국에 처음 다니러 온 미국 이민자의 손자가 신기해
했습니다.

우리가 어렸던 시절만 해도 한국인은 한민족, 한민족은 한국인이
란 등식이 성립되었습니다. 그때 자연스레 사용했던 '살색'은 이제
개념을 잃어버렸습니다. 국제결혼으로 다문화 가정이 생겨나고, 코
리안 드림을 좇아온 근로자와 유학생들로 한국에서의 '살색'은 모자
이크가 된 지 이미 오래되었습니다.

출산율 저하에서 오는 부작용을 해소하기 위해서는 이민정책을
적극 펴야 한다는 주장도 제기되고 있습니다. 한국인이라고 다 같은

피부색이 아니요, 한국어를 모국어로 하지 않는 사람도 있으며 앞으로 그 숫자는 늘어나게 될 것입니다. 그러면 '한국인'의 정체성은 어디에서 찾아야 할까.

어느 나라든 국어가 있고, 국어교육에 관한 정책이 있습니다. 한국인이라면 피부색이 어떠하든 한국어를 구사할 수 있어야 합니다. 한국어는 단순히 한국인끼리의 소통을 위한 도구가 아니라, 한국 사회의 문화를 담아내고 한국인으로서의 사고의 틀을 형성함으로써 사회통합을 이루어 내기 때문입니다.

인터넷과 같은 통신기술의 발달로 지적 저작물과 온갖 정보의 대부분이 영어로 전파되는 현실을 감안하더라도, 우리가 영어교육에 들이는 공에 비한다면 국어교육은 낭떠러지로 내몰려 있다 해도 과언이 아닙니다.

학교 교육에서의 국어교육 미흡과 국가기관, 사회에서의 국어 방치는 한국인으로서의 정체성 확보를 위해서나, 사회통합을 위해서나 결코 바람직하지 못합니다.

한때 말을 하거나 글을 쓸 때 외국어를 혼용하면 국가관이 부족하여 우리말을 오염시키는 비교양적 행위로 받아들여진 적이 있습니다. 하지만 지금은 국가기관이나 공기업 스스로가 한글을 훼손시키고 있습니다.

일어서自! (서울의 버스나 전철역에 부착된 광고문)

중소 企UP (서울도시철도공사의 광고문)

스타夜놀자! (서울동물원의 광고문)

중랑천愛 놀자 (중랑천 광고문)

이 정도는 한국인의 지적 수준이 높으니 애교로 보아 줄 수도 있습니다. 번뜩이는 기지를 살 만하다는 뜻입니다. "自動車자동차 engine 엔진 ちょうし죠시 좋다."와 같이 4개국어를 섞어 써도 전혀 어색하지가 않을 정도로 한국어는 외국어와의 혼용이 자연스러워 외국어에 의해 훼손되기 쉬운 언어입니다. 한국어의 순화와 사용에 모범을 보여야 할 국가기관으로서는 좀 더 신중하게 고려했어야 하지 않을까. 기발함, 표현의 자유를 광고에서까지 간섭하는 것은 심할 수도 있다 칩시다.

하지만 최근 세운 광화문 광장의 세종대왕 동상 뒤편의 꽃밭을 '플라워 카펫'이라 이름한 서울시의 행태는 지나치다 하지 않을 수 없습니다.

홈리스homeless는 물론 어반 테라스urban terrace, 트라이 아웃센터tryout center, 시니어 패스senior pass, 문탠로드moon-tan road, 마린시티marine city 등의 생소한 외국어를 국가기관에서 행정용어로 사용하고 있는데 문제라 아니할 수 없습니다. 대학원을 나오고 박사라 하더라도 무슨 소린지 얼른 감이 잡히지 않을 것입니다.

'시니어 패스'보다야 '어르신 교통카드'가 훨씬 이해하기 좋은 말이 아닌가. '타슈'는 외국어처럼 들릴지도 모릅니다. '타십시오.'란 뜻의

충청도 사투리로 대전시가 시민들에게 무상으로 대여하는 자전거를 이릅니다. 무분별한 외국어나 외래어보다 우리말이 품위가 있습니다. 국가기관이나 공기업에 종사하는 분들은 광고 문안을 쓸 때나, 새로운 제도나 용어를 만들 때 아름다우면서 이해하기 쉬운 우리말을 사용하도록 노력해야 할 것입니다.

자신의 문자를 가진 언어가 세계에서 몇이나 되겠습니까. 세계에서 가장 과학적인 한글과 함께 한국어를 사랑하는 일은 한국인의 책무입니다. 한글과 국어의 바른 사용에 공공기관이 앞장서 줄 것을 당부합니다. 한국인으로서의 정체성을 기르기 위한 어떤 교육보다 효과가 크기 때문입니다.

우리는 모국인인가

1960년대 재치문답이라는 라디오 프로그램이 있었습니다.

매주 일요일 저녁 황금시간대인 7,8시에 편성된 것만 보더라도 이 프로그램이 얼마나 국민들에게 인기가 있었는지 짐작하게 됩니다. 온 국민들을 라디오 앞에 불러 앉힌 이 프로그램에는 왕수영 박사를 비롯한 한국남 박사, 엄익채 박사, 안의섭 박사 등 재치박사들이 출연하여 우문현답, 천문만답, 재치문답, 공통점이나 상이점 찾기, 시조놀이, 'A는 B라 푼다'와 같은 재치있는 정의 내리기 등 위트와 유머가 넘치는 국민 프로그램이었습니다.

나는 유년 시절 이 재치문답을 즐겨 들으면서 이 프로그램에 나오는 재치박사들을 한 번쯤 만나고 싶었습니다.

나를 매료시켰던 그 왕 선생이, 시집『조국의 우표에는 언제나 눈물이』로 1996년 이상화시인상 수상을 위해 대구에 왔을 때, 난 선생을 처음 대면하게 되었습니다. 문단 말석을 차지한 때인지라 원로 선배들을 제치고 별도로 이야기를 나눌 기회가 없었습니다.

조국이라든가 모국이라는 말에 대해
생각해본 적이 있습니까

한국을 떠나와 이국에 사는 사람들은
한국을 조국이라고도 하고
모국이라고도 합니다

그러나 말은
조국어라 하지 않고
모국어라고 합니다

말은 조상이 가르치는 것이 아니고
어머니가 가르치기 때문입니다

어머니가 있어도
모국어를 모르는 아이가
있습니다 그 아이는

어머니가 있어도
고아입니다

어머니를 잃어도
모국어를 아는 아이가
있습니다 그 아이는
고아가 아닙니다

아이를 낳았다고
어머니가 아닙니다
모국어를 가르쳐야
어머니입니다.

— 왕수영, 「고아」

수 년 전 일본 나까하라 시인이 소개하는 이 시는 나에게 큰 감동
을 주었습니다.

'아이를 낳았다고 어머니가 아니라, 모국어를 가르쳐야만 어머니'
란 말이 비수처럼 나의 가슴에 와 닿았습니다. 모국어를 가르치고
싶어도 가르칠 수 없게 만든 그 사회의 장본인이라 할 수 있는 일본
인, 그들 가운데 한 지성인이 전하는 그 아이러니에 내 귀가 더 번쩍
뜨였는지도 모릅니다.

얼마 전 일본 미야자키의 미나미 쿠니카즈 시인이 이끄는 신라문화탐방단 31명과 동경에서 온 왕수영 시인, 나까하라 시인 일행 4명, 그리고 한국의 문인들이 대구서부도서관에서 한일문학교류모임을 가졌습니다. 미나미 시인과 나까하라 시인은 일본 문인들을 대동하고 자주 한국을 방문, 한일문화교류의 가교 역할을 하는 분들입니다. 그분들의 영향으로 지금 미야자키에서는 한국어 학습 열풍이 일고 있습니다. 이 날 참석한 분들 중에는 그간 배운 한국어 실력을 나에게서 확인해 보는 자리가 되기도 했습니다.

나는 외국인들이 한국어에 관심을 가질 때 정말이지 신이 납니다. 그래서 학창 시절 펜팔을 하던 미국의 여학생에게 편지로 한국어를 가르쳐주기도 했습니다. LA나 시카고에서 현대자동차를 타는 미국인을 보면 반갑고 기쁘지만, 한국어를 구사할 줄 아는 미국인을 보면 더하여 존경스럽기까지 했습니다.

수 년 전 재불 한국여류화가와 국내 문학기행을 한 적이 있습니다. 일행 중의 지인에 불과하여 동참할 범위 안의 인사는 아니었지만 그녀는 문인들의 행사라 염치불고하고 따라 붙었다고 못내 미안한 표정을 감추지 못했습니다. 이동 중에 자신에게 마이크가 돌아가자 그녀는 파리 유학길에 눌러 앉아 현지에서 아이 낳고 근 20년 동안 파리에서 생활하다가 처음으로 고국을 방문했다고 자신을 소개했습니다. 여섯살짜리 딸아이를 데리고 파리의 백화점 쇼핑 중에 한국에서 관광 온 여대생 2명을 만났다고 했습니다. 그들과 인사를 트지는 않았지만, 그들이 나누는 한국어를 듣기 위해 징징거리는 아이를 안고 세 시간이 넘는 동안 그들을 따라다녔다고 털어 놓았습니다. 모국어가 고파서.

한국어, 그것은 단순한 의사교환 수단으로서의 언어를 넘어, 그 속에는 한국인의 얼과 문화가 담겨 있습니다. 그래서 외국에 나가 있는 한국인들은 항상 모국어가 고픈 것입니다. 나를 아우라 불러주는 왕수영 누님처럼 '조국의 우표에는 언제나 눈물이' 글썽이게 하는지도 모릅니다.

우리 한국어 교육에도 많은 예산이 투입되어야 하고 정책적 배려가 뒤따라야 합니다. 우리 아이들이 일찍부터 영어학습프로그램에 더 많은 흥미를 느끼고 영어식 사고에 익숙해진다면 우리 아이들의 모국어를 과연 한국어라 할 수 있을까.

한국어 학습 프로그램도 많이 개발되어야 합니다. 국내 어린이를 위한 프로그램은 물론 재외국민들의 자제를 위한 프로그램, 외국인 어린이나 성인을 위한 프로그램 등 전문적이고 체계적인 프로그램을 마련한다면 한국의 역사나 뿌리, 그간 왜곡되었던 한국을 세계에 바로 알리는 좋은 계기가 될 것입니다. 또 이는 한국의 브랜드 가치를 높여 투자비에 비해 훨씬 더 큰 국익을 가져올 것입니다.

차제에 한국어 학자들도 한국어를 한국 내에서만 사용하는 언어가 아니라, 문법의 체계를 단순화하고 과학적으로 법칙화 하여 한국어를 외국인이 쉽게 배우고 활용할 수 있도록 연구하여야 할 것입니다.

    모국에 살아서 모국인이 아니라 모국어를 지키고 빛냈기에 모국인이라고, 우리가 이제 재외국민들에게 답할 차례가 되었습니다.

산문, 문학의 옷을 입다

밥을 지으랴, 술을 빚으랴

Ⅰ. 여는 말

1) 미디어 환경과 글쓰기

인간 삶은, 시간과 공간을 어떻게 확보하느냐의 투쟁으로 보아도 좋을 것입니다.

지식이나 정보를 전달하기 위한 유용한 방법으로는 비석이 있습니다. 비석의 메시지는 시간을 보장할 수는 있어도, 설치된 공간을 벗어날 수 없습니다. 방송은 동시에 넓은 지역에 메시지를 전파할 수 있으나, 메시지는 더 이상 이 세상에 남지 않는 일회성으로 그쳐야 합니다.

영향력을 행사할 시간과 공간의 영역을 늘리거나 넓히려는 노력의 일환이 글쓰기이고, 그 하드웨어는 미디어이다. 인류 문명은 시간과 공간 확보를 위한 미디어의 발전사라 해도 지나친 말이 아닙니다.

	문자시대		웹 시대	앱 시대
비문자	필사시대	활자 시대	컴퓨터, 인터넷	스마트폰, 인터넷
구술		금속활자, 인쇄술	디지털 기술 : 영상 결합	
시가		시와 산문(분화)	산문 영역의 확대	시와 산문 융합
listening		not everybody writing	anybody writing	
기술의 진보에 따라 청각 위주에서 시각 위주로 이행				

문자 이전 시대에는 지식의 전달이 구술에 의존했습니다. 이후 문자가 생겨나자 하나의 텍스트를 여러 사람이 공유하기 위해서는 필사의 방법이 더해졌습니다. 산업화 이전의 시대에 적합한 창작 형식은 단연 짧고, 운율이 있어 청각에 호소하는 시가였습니다.

인쇄술이 발명된 뒤에도 지식을 여러 사람이 동시에 공유하기 위해 책을 제작하려면 순전히 남의 손을 빌려야 했고, 그 비용이 만만치 않았습니다. 여전히 시가 효과적인 창작방법이었습니다.

이때까지만 해도 창작과 소비 면에서 시와 산문은 확연하게 구분되었습니다. 청(淸)의 평론가 오교(吳喬)는 문학의 소재와 표현의 관계를 설명하면서, '한 가지 소재요 본질인 쌀이 그 실체의 형상을 유지한 채 가공된 밥이 수필이라면, 그 본질만 유지한 채 변화와 굴절의 소산이 된 술을 시'[1]라 했습니다.

---

[1] 文之詞達 詩之詞婉 書以道政事 故宜詞達 詩以道性情 故宜詞婉 意喩之米 飯與酒
所同出 文喩之炊而爲飯 詩喩之釀而爲酒 文之措詞 必副乎意 猶飯之不變米形 啖之

> 새끼 새 한 마리가 우듬지 끝에서 재주를 넘다가
> 그만 벼랑 아래로 굴러 떨어졌다
> 먼 길을 가던 엄마 새가 온 하늘을 가르며
> 쏜살같이 급강하한다
>
> 세계가 적요하다
>
> ― 「화살」 (이시영)

2000년대에 들어 컴퓨터와 웹 환경이 일상생활에 도입되면서는 출판 시 작가가 손수 편집이나 조판 작업에 참여하게 되었습니다. 따라서 같은 기준이라면 산문집이나 시집이나 그 제작비용은 차이가 나지 않게 되었습니다. 또 컴퓨터 모니터로 정보를 공유함으로써 양적 제한이 풀렸습니다. 굳이 종이책을 고집하지 않는다면 원고량의 제한을 받을 필요가 없이 마음껏 쓰고 싶은 대로 쓸 수 있는 환경이 되었습니다. 여기에다 '붓 가는 대로'에 힘입어, 산문의 시대가 활짝 열렸습니다.

공간이동이 자유로운 스마트폰이 대중화되면서는, 웹에서 보여주던 한 화면이 앱에서는 넘쳐날 수밖에 없습니다. 손바닥보다 더 작은 그 공간에 한 페이지를 담기 위해서는 전통적인 장르의 존속에도

則飽也. 詩之措詞 不必副乎意. 猶酒之變盡米形 飮之則醉也. (『위로시화(圍爐詩話)』 중에서)

불구하고, 이와는 별개로 대중적인 글쓰기의 무대가 넓어지고 이미지를 곁들이는 등 장르 파괴 또는 장르 융합이 일반화되고 있습니다.

글쓰기의 방법이 미디어 기술의 변화에 따라 어떻게 영향을 받는지 알아보았습니다.

2) 뜸과 삭임

자아의 내면에서 일어나는 작가의 역사관이나 사상이 서정으로 드러난다든지, 상징과 함축, 암시, 연상을 통하여 형상화 혹은 의미화를 도모한다는 점에서 시와 산문은 동질성을 갖는다고 볼 수 있습니다. 산문은 실사적인 생활의 기록이자, 머리로부터 가슴으로의 객관적 진실에서 출발합니다. 반면에, 시는 원초적인 서정의 발로이자 가슴으로부터 머리로의 주관적 진실이 기반이 됩니다. 시적 정서가 산문에 비해 보다 더 심미적이라는 점은 인정할 수 있습니다. 그렇다고 하여 밥과 술 중에서 어느 것을 우위에 둘 수 없듯이, 산문과 시 또한 난형난제의 관계라 하겠습니다. 다만 시는 어디까지나 시이어야 하고, 수필은 어디까지나 수필이어야 할 뿐입니다.

시와 산문은 이종동근입니다. 분화의 시대가 지나가고 융합의 시대가 오고 있는 이 시대에 그 경계를 밥과 술의 경계를 빌어 구획을 짓는다는 것이 무리일 수도 있습니다. 실제로 시인지 수필인지 그 경계가 모호한 작품이 적지 않습니다. 앱의 시대가 열리면서 시냐 수필이냐보다는 융합형태의 글이 많이 눈에 띄고 있습니다.

나의 소년 시절은 은빛 바다가 엿보이는 그 긴 언덕길을 어머니의 상여(喪輿)와 함께 꼬부라져 돌아갔다.

내 첫사랑도 그 길 위에서 조약돌처럼 집었다가 조약돌처럼 잃어버렸다.

그래서 나는 푸른 하늘빛에 호젓 때없이 그 길을 넘어 강가로 내려갔다가도 노을에 함북 자줏빛으로 젖어서 돌아오곤 했다.

그 강가에는 봄이, 여름이, 가을이, 겨울이 나의 나이와 함께 여러 번 다녀갔다. 까마귀도 날아가고 두루미도 떠나간 다음에는 누런 모래둔덕과 그리고 어두운 내 마음이 남아서 몸서리쳤다. 그런 날은 항용 감기를 만나서 돌아와 앓았다.

할아버지도 언제 난 지를 모른다는 마을 밖 그 늙은 버드나무 밑에서 나는 지금도 돌아오지 않는 어머니, 돌아오지 않는 계집애, 돌아오지 않는 이야기가 돌아올 것만 같아 멍하니 기다려 본다. 그러면 어느새 어둠이 기어 나와서 내 뺨의 얼룩을 씻어준다.

— 「길」(김기림, 《조광》(1936. 3월호), 수필집 『바다와 육체』

오교의 말 '밥과 술'을 '뜸과 삭임'으로 이해하는 것이 유의미하다고 생각합니다. 같은 글감이라도 작가적 안목이나 노력에 따라서는 완성글이 뜸의 수준에서 머물기도 하고, 발효의 수준까지 오를 수도 있을 것입니다.

II. 뜸 들이고 삭이기

1) 삶과 글쓰기

"대나무는 왜 속이 비어 있지요?"

갑자기 이 질문을 받고 당황했던 적이 있습니다. 시간을 거슬러 생물시간으로 돌아가 보았지만 뾰족한 생각이 날 리 만무합니다. 질문 앞에만 서면, 질문자가 요구하는 정답에서 얼마나 비껴가게 되는지 내심 초조해지게 됩니다. '정답 찾기'에 치중했던 학교 교육의 탓으로 돌리기엔 부아가 치밉니다. 정답을 말하지 못한다 하여 주눅들 일이 아님에도 질문형으로 말을 걸어오는 사람에게는 선뜻 마음을 열지 못합니다.

이 질문이 대나무통밥집 식탁에서 나왔고, 마침 옆을 지나던 식당 주인이 "우리 같은 사람 밥장사하라고 속이 비었겠지요."라고 한마디 거들었습니다. 순간 일행 중 교직자 한 분이 "아하, 너무 빨리 자라느라 속을 채울 여가가 없었네." 하면서 무릎을 탁 쳤습니다.

문제를 해결하는 방법 중 하나는 정답 찾기입니다. 그 정답은 오로지 하나뿐입니다. 다른 한 가지 방법은 해법 찾기입니다. 다양한 해석에 근거하기 때문에 해법 또한 여러 가지가 됩니다. 전자가 학문적 혹은 과학적 접근방법이라면 후자는 문학적 혹은 해석적 접근방법이라 하겠다.

한때 침대는 과학이라는 말이 인구에 회자된 적이 있습니다. 과학적 지식이 총동원된 결과물로서 신선하게 들렸습니다. 말도 진화를 합니다. 요즘 아이들은 '침대는 곤충이다.'라고 말합니다. 왜냐? 잠자리이니까요.

다양성의 시대, 각기 다른 환경에서 삶의 모습 또한 다르니만큼 백인백색의 해법이 존재합니다. 그리고 해법은 의미를 구성하는 데서부터 나옵니다. 앞에서 대나무가 갑자기 키를 키우느라 속을 채울 여가가 없었다는 말에서 우리는 조기교육으로 치닫고 있는 오늘의 사회현실에 대해 많은 생각을 해보게 됩니다.

여성들의 화장에서, 어떻게 하면 얼굴에 화장이 잘 받을까? 피부과 의사나 미용사와 상담을 하면 가장 빠르고 정확한 답을 구할 수 있습니다. 잠을 충분히 자고, 영양분을 골고루 섭취하고, 자외선 강한 실외에 나가지 않아야 한다고 할 것입니다. 이는 학문적 접근방법입니다. 그러나 문학적으로 접근하면 사랑입니다. 사랑 받는 여인은 화장기운을 잘 받을 뿐더러 구태여 화장이 필요 없습니다.

세상에는, 삶 속에는 정답만 있는 게 아닙니다. 정답보다 더 정답이 되는 해법이 훨씬 많습니다. 답은 언제나 누구에게나 동일합니다. 하지만 해법은 사람에 따라, 같은 사람이라도 놓여진 환경이나 경우에 따라 달라질 수 있습니다. 해법에 따라 의미가 달라지고, 삶의 방법이나 결과 또한 달라질 것입니다.

성공적인 삶은 정답찾기가 아니라 어디까지나 해법찾기에 달려 있습니다. 해법은 해석에서 나오고, 해석이 의미를 구축한다는 점에서 삶과 글쓰기는 매우 닮아 있습니다.

학문적 접근방법은 뜸을 들이는 노력과 같습니다. 답으로 이어지니 오늘날 입시에서 논술이 여기에 해당될 것입니다. 문학적 접근은 삭이는 노력과 같습니다. 비유나 상징의 방법을 취하다보니 텍스트가 암호로 둔갑할 수도 있는 위험이 따르지만 짜릿함을 통해 극적 효과를 높일 수 있습니다.

2) 언어를 통한 깨달음

문학은 언어를 매개로 합니다.

라깡은 우리의 언어로는 실재계를 드러낼 수 없다고 했습니다. 실재계를 묘사하면 실제계는 밑으로 숨고 가짜인 언어만 표면에 남게 된다고 했습니다.

반면에 하이데거는 언어를 '존재의 집'이라 했습니다. 언어만이 실재계를 드러낼 수 있다는 것입니다.

사랑한다는 말로는 사랑을 다 표현할 수 없습니다. 그러나 진실로 사랑한다며는 사랑한다는 말만이 사랑을 표현할 수 있습니다.

사르트르는 언어를 '우리 감각의 연장으로 우리 이웃의 가슴 속을 들여다보려는 제3의 눈'이라 했습니다. 언어는 한 종족이 장구한 세월 동안 피에서 피로 전해져 내려오는 것이기에 거기에는 공동체의 역사와 문화, 정신이 응집되어 있습니다.

몸은 '모음'에서 왔습니다. 신체 각 부위를 모은 '모음'을 헤아렸다면 '뜸'의 수준입니다. 사유를 확장하여 마음이나 정신과 같은 비가시적인 의미도 함께 모은 '모음'까지 깨달았다면 '삭임'의 수준이 되겠지요.

겨우 몸을 가누기 시작하는 아기에게 선인들은 '도리도리 짝짜꿍'을 시켰습니다. 온 가족이 둘러 앉아 어린 것에게 재롱을 떨게 하는 유희에도 도리(道理)를 가르치겠다는 어버이의 마음이 들어있습니다.

어원이나 유사발음, 인접발음을 통하여 세상을 새롭게 들여다보려는 노력이 필요합니다. 제대로 뜸을 들이고, 발효시킨다면 모국어 안에서 우리가 지나쳤던 금싸라기 같은 글감들을 무궁무진 발견할 것입니다.

3) 언어의 외연과 내포

언어는 글자 그대로의 명확한 뜻을 지니는 정의로서의 기표(signifier)인 외연과 추론적인 의미를 제안하는 기의(signified)인 내포적인 의미를 가지고 있습니다.

'빅맥'의 외연은 소스를 친 맥도날드의 샌드위치를 이르지만, 그

내포된 뜻을 추론하면 패스트푸드로서의 획일성과 대량생산, 시간에 쫓기는 현대인들의 삶과 요리에 대한 무관심이 낱말에 따라 붙는 문화적 의미가 됩니다.

한때 애국가를 가장 잘 아는 외국인은 일본의 아사다 마오 선수라는 말에 이의를 제기할 사람이 없습니다. 마오보다 애국가를 더 잘 아는 사람이 없다는 뜻은 아닙니다. 국제무대에서 펼쳐지는 빙상대회에서 대부분의 경우 김연아가 금메달, 마오가 은메달을 수상했다는 것을 에둘러 표현한 말입니다.

붕어빵 속에 붕어가 없듯이, 의미는 말 속에 들어 있지 않을 수도 있습니다. 의미를 말 밖에 두었을 때 의미가 더 크게 다가옵니다.

나 어릴 적에 보리농사는 다섯 식구가 일 년 동안 버티어 갈 양식이자 나의 학비였다. 겨울방학 때, 보리밭에 외양간 거름을 내면서 껑껑 얼어붙은 보리 순들이 죽지나 않을까 걱정을 했었다.

해동하자마자 작은집 빈 밭에 삼촌이 봄보리를 파종했다. 늦깎이 파종이라 거름에다 비료까지 넉넉하게 시비했다. 봄보리는 가을보리보다 검푸르게 웃자랐다. 하지만 뒷날 추수 때는 부실한 이삭이 몇 개씩 듬성듬성 보일 뿐 옳게 패지도 않았다. 생각과 달리 얼어 죽을까 봐 걱정을 했던 가을보리밭의 보리는 탐스럽게 이삭을 맺었다. 그때 보리는 가을에 파종하여 겨울잠을 푹 자야 이삭이 패고 씨알이 영글어진다는 것을 알았다.

훗날 도회지에 나와 살면서 비슷한 경험을 하나 더 겪었다. 서울 올림픽이 열리던 그해 여름에 아파트를 분양받아 이사를 했다. 집들이 선물로 참꽃 분재를 받아 베란다에 두고 정성들여 키웠다. 산야의 것들에 비하여 줄기는 튼실하고 잎은 살져서 윤기가 흘렀다. 하지만 이듬해 봄이 다 가도록 꽃을 보지 못했다. 이사를 와서 그러려니 하였건만 그 다음 해도 꽃피울 낌새조차 없었다.

야생화를 전문으로 기르는 지인에게 자문을 구했더니 아파트 베란다의 온도가 너무 따뜻해서 꽃을 피우지 못한다고 하였다. 이야기만 듣고도 곧바로 진단을 내리면서 "춘화현상이므로 춘화 처리를 해야 한다."고 일러줬다. 춘화현상은 겨울 종 식물이 겨울 한 철 동안의 저온 기간을 거쳐야만 꽃을 피우는 현상이고, 춘화 처리는 개화를 촉진하거나 씨의 생산을 늘리기 위해 식물이나 씨를 인위적으로 낮은 온도에 잠시 두는 것이라는 걸 바로 알았다. 식물계에서 통용되는 춘화현상(春化現象)이 멘델의 유전학설을 비판한 스탈린 시대 러시아의 농생물학자 리센코(T.D. Lysenko)가 주창한 리센코학설이라는 것까지.

어릴 적에 생각했던 보리의 겨울잠이란 것이 곧 보리의 춘화현상이고, 봄보리의 부실한 수확이나 참꽃 분재의 개화불능은 춘화 처리에 문제가 있었다는 것을 그때서야 알게 되었다. 개나리, 진달래, 철쭉, 목련, 라일락, 튤립, 백합 등 이른 봄에 꽃을 피우는 겨울종 식물은 혹한과 설한풍을 춘화의 에너지로 삼는다는 것을 말이다.

가녀린 꽃눈들이 춘화에의 혹독한 시련을 견디어 낼 때 비로소 아름답게 꽃피우고, 풍성하게 열매 맺는다고 생각하면 그저 경이로울 따름이다. 어찌하여 봄꽃 식물들이 이렇게 우리 인생을 꼭 빼어 닮을 수 있을까, 라며 감탄을 한다. 어쩌면 우리네 인생도 반복되는 춘화현상이라고 여겨지기 때문이다.

　사노라면 누구에게나 견디어 내야 할 혹독한 겨울이 있게 마련이다. 그 겨울을 견디어 내면 꽃피는 봄이 뒤따르지 않던가. 견디기 힘든 겨울이 봄꽃에겐 춘화(春化)라고 하는 선물이다. 마찬가지로 인생에 있어서 감내하기 어려운 시련이나 고난도 우리 인간에겐 삶을 꽃피울 에너지이자 선물이 아니겠는가.

　춘화(春花)의 춘화(春化)를 생각하며 춘화(春花) 누나를 떠올린다. 할아버지께서 유별나게 봄꽃을 좋아하셔서 지으신 이름이지만, 춘화(春花) 누나의 춘화(春化)는 잔인할 정도로 혹독하였다. 내가 첫돌 지난 이튿날 아버지를 여의었으니 오누이로 자란 여섯 살 위의 누나는 그때가 여덟 살이었다. 아버지와 함께한 공주 같은 생활은 거기까지였다. 서른에 청상이 되신 어머니의 농사일을 도우면서 자랐다. 약질에다 고운 심성 때문에 누나의 농사일은 성장기 내내 인고와 서러움이었다.

　열아홉 살에 어른들이 정해주신 산 너머로 순종의 눈물을 쏟으면서 시집을 갔다. 그때를 떠올리며 "개구리 벼랑 뛰는 심정으로 결혼했다."고 하였다. "시집을 가서도 산 너머 어머니와 동생 걱정에 참 많이 울었다"고 했다.

누나는 눈물이 흔했다. 춘화(春化)를 위한 눈물이었던가. 삶이 곧 춘화(春化)였던가. 가끔 둘이 만나면 반가워서 울고, 지난날 이야기하면서 서러워서 울고, 헤어짐이 못내 서운해서 또 운다. "수도꼭지 잠그세요."라고 우스개를 하면서도 그때마다 치미는 속울음 때문에 애써 시선을 피하곤 했다.

지난봄, 봄꽃이 질 때 춘화(春花) 누나는 반려자를 떠나보냈다. 영정 속의 반려자와 묵언하며 영원한 이별의 고통을 삭이는 누나에게서 성스런 의식을 느꼈다. 새로운 춘화(春花)를 위한 춘화(春化)가 아니라 춘화(春化)의 완성을 보았기 때문이리라. 억척같이 일하여 자립농장을 일궜고, 못 배운 한을 다섯 자녀의 교육에 쏟아부어 하나같이 반듯하게 길러냈다. "할 만큼 다했다."는 쉰다섯 해의 결과라는 현재에서 누나 춘화(春花)의 춘화(春化)의 열매를 한자리서 확인할 수 있었기 때문이리라.

몽테뉴는 그의 저서 『사색의 광장』에서 인생의 희망은 늘 괴로움의 언덕길 그 너머에서 기다린다고 했다. 삶 안의 시련이 춘화(春化)요, 이룸이 춘화(春花)일진대 그래도 시련은 기피의 대상이런가?

— 은종일, 「춘화(春花)의 춘화(春化)」

4) 신비와 이치의 접목

대개의 경우 독자는 불특정 다수의 대중으로서 그다지 이성적이지도 않거니와 인내심조차 없습니다. 언제고 책장을 덮을 준비가 되어 있습니다. 더구나 독자는 잠재적으로는 설득되지 않으려는 반작용의 기질까지 가지고 있습니다. 불가사의한 신비에 설득 가능한 이치를 접목하는 일은 작가가 누리는 최고의 쾌락이 될지도 모릅니다.

해인사는 화재가 잦았다. 대적광전과 마주하는 매화산(梅花山 혹은 埋火山) 남산 제일봉의 화기가 해인사에까지 미치기 때문이란다. 비책으로 스님들이 지혜를 모은 결과 매년 단오날, 사찰 경내 5곳 바위에 판 구덩이에 소금을 넣고 물을 부었다. 또 남산 제일봉 중앙과 동서남북 5곳에는 소금단지를 묻었다. 그 이후로는 한 차례도 화재가 일어나지 않았다고 한다. 소금은 곧 바닷물로써 화기를 누른 것이다.

— 졸작, 「삶에도 각본은 있다」 중에서

Ⅲ. 맺는 말

삶은 카오스로 가득합니다. 글쓰기는 이를 해석하여 가치를 정함으로써 질서와 순서의 조화를 도모하는 코스모스의 세계에 이르게 합니다. 신이 이 세상을 창조하였지만, 인간은 미처 신이 헤아리지 못한 부분까지 해석해냅니다. 해석과 의미에는 무시무시한 힘이 들어 있습니다. 해석을 통한 의미의 발견이라는 점에서 삶과 글쓰기는 서로 닿아 있습니다.

논어에서 공자는 '알기만 하는 사람은 좋아하는 사람만 못하고, 좋아하기만 하는 사람은 즐기는 사람만 못하다〔知之者 不如好之者 好之者 不如樂之者〕고 하였습니다. 몇 마디 덧붙인다면 즐기기만 하는 사람은 깨닫는 사람만 못하고, 깨닫는 사람은 쓰는 사람만 못하고, 쓰는 사람은 행하는 사람만 못하다〔樂之者 不如覺之者 覺之者 不如書之者 書之者 不如行之者〕고 할 것입니다.

삶 속에는 피하기 어려운 일들이 한둘이 아닙니다. 신이 병을 줄 때는 어딘가에 약도 마련해 두었습니다. 그것은 해석입니다. 해석을 통한 의미의 발견, 누구나 할 수 있는 일입니다. 뜸을 들이는 정도에서 그치는 게 아니라 삭이고 또 삭인다면 수준 높은 경지의 글은 물론 글 이상의 약도 건지게 될 것입니다.

신변잡사에서 건지는 예술작품

　수필가들이 제일 듣기 싫어하는 말이 신변잡사, 신변잡기라는 말
입니다. '잡'의 뉘앙스 때문에 신변잡사는 곧 신변잡기로 이어지고,
수준에 이르지 못한 수필을 생산했다는 생각과 상통하기 때문입니
다. 삶을 도외시하고서는 창작될 수 없는 게 수필의 특성이고 보면
신변잡사란 말의 개념을 되짚어볼 필요가 있습니다.

　신변잡사란 삶 속에서 일어나는 지극히 평범하여 가치를 느끼지
못하는 새로울 것도 없는 일상사 중 하나입니다. 수필은 이러한 카
오스의 세계를 해석함으로써 의미를 구축하여 코스모스의 세계를
보여주는 것입니다. 해석되지 않은 지극히 일상적인 세계(＝카오
스)에서 의미나 가치, 질서, 순서 등의 발견(＝코스모스)이 글 속에
녹아들었을 때 신변잡사는 신변잡기를 넘어 수필작품, 예술의 세계

에 이릅니다.

좋은 글감은 평범하면서도 새로운 것이라 말하지만, 하늘 아래 새로운 것이 어디 있던가요. 새롭다는 것은 해석을 일컬음입니다. 새로움을 발견한다는 것은 코스모스의 경지에 이른다는 뜻입니다. 따라서 신변잡사라는 말에 지나치게 알레르기를 일으킬 필요는 없습니다. 신변잡사로 글을 시작하였다할지라도 신변잡기의 나락으로 떨어지느냐, 수필작품의 반열에 올리느냐는 오로지 작가의 안목과 노력에 달렸기 때문입니다.

수필창작에서 대부분의 경우 체험이 곧 글감이 됩니다. 신변잡기의 수준에 머물지 않기 위해서는 체험이 차지하는 비중을 낮추고 사유와 사색의 비중을 늘려야 하며, 그 황금비율은 4:6 혹은 3:7이 되어야 한다고 주장하는 이도 있습니다. 틀린 말은 아닙니다. 하지만 꼭 맞는 말도 아닙니다.

최근 수필은 이렇게 써야 된다는 식의 강요가 횡행하는 것은 수필계를 위해서는 바람직하지 않다고 생각합니다. 이런 논지는 '붓 가는 대로'에 힘입어 '묻지마'로 뛰어든, 공부하지 않는 수필문학 입문자들에게 들려주는 최소한의 주문이라 생각합니다.

문학 창작 이론을 두루 섭렵하고 수많은 시행착오를 거치면서 습작에 습작을 거듭 자기연마를 충실히 했을 때 '붓 가는 대로'와 '창작 형식의 무한한 자유로움'은 궤를 같이 할 것입니다. 완당의 '寫蘭有法不可, 無法亦不可'는 방법을 터득하여 창작에 임하는 게 아니라 피

나는 노력으로 자기세계를 구축하는 것이 먼저란 점에서, 난을 치는 일이나 수필을 창작하는 일이나 매한가지라 여겨집니다.

예술세계에서 창작 방법에 대한 금과옥조는 없습니다. 신변잡사는 체험, 에피소드는 체험 혹은 인용 사례가 될 것 같습니다. 작가가 주제를 구현하기 위해서는 체험이나 에피소드를 하나 또는 그 이상을 필요로 할 수도 있습니다. 신변잡사 혹은 에피소드의 수나 양이 수필의 질에 근본적으로 영향을 주는 것은 아닙니다. 따라서 이의 황금비율이란 말 역시 의미가 없다 하겠습니다.

> 애완견 센터에 들어섰다. 1층은 사료와 용품 매장, 2층은 병원, 3층은 미용실과 호텔로 이용되고 있었다. 주인은 나에게 무공해 청정 저농약 친환경에다 살이 찌지 않도록 과학적으로 칼로리 계산이 된 기능성 사료라는 것을 보여주면서 요즘 고객들이 가장 선호하고 있다고 했다. 놀란 나머지 나도 모르게,
>
> "그럼 사람이 먹어도 되겠네요?"
>
> "에끼, 여보세요. 안 됩니다! 사람이 먹기엔 너무 비쌉니다."

개 사료를 사러 갔다가 뜻하지 않은 글감 하나를 건졌습니다. 학모들이 모여 식사를 하면 자녀교육으로 이야기를 시작하지만, 종국에는 애완견을 키우는 사람과 그렇지 않은 사람으로 나누어지더라

는 말이 있습니다. 일반적으로 많이 사용되는 설득양식인

가) 기 : 전제(a=b)
승 : 예, 증명, 확인, 설명, 전개
전 : 반전(가치의 전도, 새로운 깨달음의 발견)
결 : 결론(A=B)

의 구도로 글을 전개해 나갈 수도 있을 것입니다. 기에서는 주제에
대한 전제가 될 것이요, 승에서는 독자가 전제에 공감하도록 신변잡
사나 에피소드를 보여주고, 전에서는 익숙한 것으로부터의 결별, 즉
새로운 시각으로 깨달음에 이르게 합니다. 결에서는 전제를 새롭게
재구성합니다. 또 하나의 구도는

나) Action or Fact(에피소드를 마중물로)
Background(사회문화적 배경)
Development(전개)
Climax(절정, 반전)
Ending(결론)

으로 앞서의 에피소드를 마중물로 하여 우리 사회가 안고 있는 애완
견 또는 반려동물에 대한 사회문화적 배경에 따라 전개해 나가면서

주제를 구현하는 방법도 가능합니다.

하느님께서는 모범수로 뽑힌 세 명의 무기 징역수를 불러 이들의 개과천선을 칭찬하였다. 그리고 소원이 있으면 무엇이든 들어주마고 약속했다. 머뭇거리던 A가 애인을 데리고 와서 살게 해주면 더 모범적으로 감옥 생활을 하겠노라면서 기어들어가는 목소리로 답했다. 하느님께서 선뜻 들어주시겠다고 하자, B는 하루에 소주 한 병씩, C는 하루에 담배 두 갑씩만 넣어 줄 것을 건의하자 하나님께서 이 또한 들어주셨다. 몇 년의 세월이 흘러 이들이 석방되어 하나님께 인사를 하러 갔다. A의 몰골은 피골이 상접하였고, B의 얼굴은 간경화로 새카맣게 타 있었으며, C의 얼굴에는 건강미가 넘쳐흘렀다.

의아해 하는 하느님께 C가 한 말씀 올렸다.

"라이터는 왜 안 넣어 주셨어요?"

이 에피소드 역시 가) 혹은 나)의 구도로 과도한 성생활, 음주, 흡연은 몸에 이로울 게 없다는 주제를 선명하게 도출할 수 있을 것입니다. 특히 마중물로 이용된 에피소드에는 작가의 의도가 함축적으로 내포되어 있어 독자의 '반작용' 심리는 스스로 무장해제를 할 수밖에 없게 됩니다.

신변잡사 혹은 에피소드가 여럿이 되었을 때 글의 초점이 흐려진 다고 생각하기 쉽지만 이것은 어디까지나 기우입니다. 우선 김소운 의 작품 「가난한 날의 행복」의 창작 구도를 살펴봅시다. 이 작품은 세 부부의 이야기를 옴니버스식으로 구성해 놓은, 가난 속에서 느끼 는 행복감을 주제로 한 수필입니다.

다) 기 : 전제(a=b, 가난은 결코 환영할 것이 못되니, 빨리 잊을수록
　　　　좋을 것일지도 모른다.)
　　승 1 : '왕후의 밥, 걸인의 찬'
　　　 2 : '긴 인생에 늙어서 이야깃거리를 만들자'
　　　 3 : '춘천에서 서울까지 잡고 온 남편의 손길'
　　전 : 반전(가난 속에서도 빛나던 사랑만은 잊지 말아야겠다.)
　　결 : 결론(A=B, 행복은 반드시 부(富)와 일치하진 않는다.)

위의 에피소드들은 서로 관련은 없으나 각각 주제를 향해 일관되 게 달리고 있어, 하나의 에피소드를 보여 줄 때보다 작가 의도를 한 층 더 분명하게 드러낼 수 있습니다.

다음은 어느 작가의 습작 시절 글을 요약한 것입니다. (a)를 쓰다 가 어느 순간 이야기가 (b)로 넘어가 작품을 양분시켰습니다.

(a) 시골에서 유년시절을 보냈던 나는 어느 날 나무 밑으로 떨어진 까치새끼 한 마리를 발견하였다. 까치둥지는 큰 나무의 거의 꼭대기 부분에 자리하고 있어 올려 줄 수 있는 형편이 아니었다. 학교에 다녀오기가 바쁘게 나는 파리나 곤충을 잡아 주었고, 고기반찬에 밥을 먹이는 등 지극정성으로 새끼를 키웠다. 이윽고 또래들이 비행 연습을 하는 날 나는 무리 속으로 새끼를 날려 보냈다. 어미의 보살핌을 받았던 형제들보다 어디가 부실하였던 게 틀림없다. 내가 잠시 방심하는 사이 개에게 물려 죽고 말았다. 어미와 형제들에게 돌려보내려 했던 나의 순수한 의도는 결국 애지중지 키웠던 새끼까치를 죽음으로 내 몬 결과를 낳고 말았다.

(b) 이 글을 쓰다 보니 지난해 교통사고를 당하여 불구가 된 어린 조카 생각으로 마음이 괴롭다. 시골에서 초등학교를 잘 다니고 있는 조카를 대처로 나오게 하여 학업을 돌봐주었다. 형님으로부터 받은 사랑에 보답할 생각이었다. 나와 조카는 워낙 사이가 좋아 다른 사람들이 다정한 부자로 여길 정도였다. 그런데 그 조카가 지난겨울 방학 때 필리핀으로 어학연수를 나갔다가 교통사고를 당했던 것이다. 아들처럼 잘 키워 형님에게 진 신세를 갚으려 했던 것이 어이없는 결과를 낳고 나서야 나는 세상에 대해 돌팔매질을 하기 시작했다.

왜, 세상은 나의 좋은 의도를 받아주지 않는가!

위와 같이 두 에피소드가 양적으로 거의 대등할 때는,

① 둘을 아우르는 주제를 전제하여 '기'로 하고 '승'에서 (a)와 (b)를 보여주고 '전'과 '결'을 구성하여 의미를 도출하는 방법,

② 어느 에피소드에서 주제구현을 할 것인가에 따라 다른 하나는 한두 단락 정도의 마중물로 처리하는 방법,

③ 별개의 작품으로 나누어 창작하는 방법

등을 고려해 볼 수 있을 것입니다.

에피소드 또는 신변잡사가 작품에서 차지하는 황금비율을 밝히라면 완당의 '寫蘭有法不可, 無法亦不可'로 답할 수밖에 없습니다. 작품에서 구현되는 문학성을 좌우하는 것은 그 비율에 있는 게 아닙니다. 작가가 구현하려는 주제, 의미의 도출과 감동의 극대화를 위해서는 작품마다 그 비율은 달라지게 마련입니다.

글의 방향타, 서두

1. 서두의 역할과 중요성

서두는 그 글의 방향타 구실을 합니다. 서두를 풀지 못해 글쓰기에 손을 대지 못하는 경우가 있습니다. 서두가 잘 풀리면 다음 문장은 쉽게 풀려 나옵니다. 독자로서도 글의 방향을 가늠했기에 그만큼 글을 읽는 데 효율적으로 대응하여 독서속도를 높일 수 있습니다.

독자가 한 편의 수필을 만나는 첫 인상은 서두에서 느낍니다. 첫 인상이 좋은 사람은 언제 만나도 웬만해서는 싫증이 나지 않듯이, 첫 줄의 인상이 좋으면 독자는 읽기를 중도에서 포기하지 않을 확률이 높습니다. 독자가 첫 문장에서 마음의 문을 열지 못 한다면, 작가가 아무리 훌륭한 내용을 준비해 두어도 독자는 외면하기 쉽습니다.

서두에 대한 고심은 작가가 독자에 대한 서비스 정신입니다.

2. 서두는 독자에 대한 작가의 첫 팬서비스

잘 생긴 얼굴이 때로는 비호감일 수도 있듯이, 하자 없는 문장일지라도 독자에게 좋은 반응을 얻지 못하는 경우가 있습니다. 특정 대상을 독자로 하는 경우라면 관심 있는 서두를 예측할 수가 있어 그나마 다행입니다. 하지만 대개의 경우 독자는 불특정 다수인 대중입니다. 대중의 성향을 파악한다면 서두뿐만 아니라 글을 구성하는 데 있어서 작가가 독자에게 어떻게 서비스해 나가야 할지 가닥을 잡을 수 있을 것입니다.

동시대를 살아가는 이들이 공유해야 할 천상의 목소리를 작가가 써 놓아도, 독자가 지속적으로 관심을 가지고 끝까지 읽어 내려가지 않는다면 창작의 고통은 무위로 돌아갈 수밖에 없습니다.

독자는 불특정 다수인 대중으로서 그다지 이성적이지 않은 대중 없는 사람들입니다. 인내심이 없고, 주의력이 산만하며, 무관심하며, 예측이 쉽지 않은 집단입니다. 스마트폰과 같은 기기의 발달로 혼자서도 잘 놀 수 있는 미디어 환경에서 굳이 글을 읽지 않아도 독자는 항상 바쁩니다.

작가가 피를 찍어 썼다 할지라도 재미가 없거나 이미 알고 있었던 진부한 내용이다 싶으면 독자는 언제고 책장을 덮어버릴 것입니다. 뿐만 아닙니다. 독자는 이중잣대로 세상을 읽는 경향이 있습니다.

TV 드라마에서 외설이나 불륜에 대한 성토에는 사람들이 한 목소리를 내지만, 막장 드라마가 시청률이 높은 것을 보면 사람들의 마음은 참으로 아이러니합니다. 독자 또한 이와 크게 다르지 않습니다.

이처럼 독자는 진지하지 않을뿐더러 작가에게 우호적이지 않을 공산이 큽니다. 지적인 글이 감성적인 글보다 크게 호응을 얻지 못하는 것은, 독자는 아둔하더라도 현자에게 쉽게 설득당하지 않으려는 반작용의 방어기제가 작동할 수 있기 때문입니다. 지성을 감성화해야 한다는 연유가 여기에 있습니다.

예측불허의 대중, 그 독자를 위하여 작가는 어떻게 팬서비스를 하여야 할까. 그 첫 번째가 서두쓰기입니다.

3. 서두는 맛보기

독자는 남녀, 연령, 지적능력, 빈부격차, 보수와 진보, 인연 등 계층을 달리하기 마련입니다. 내 글을 끝까지 읽느냐 마느냐는 작가가 관여할 수 있는 바가 아닙니다. 오로지 독자의 몫입니다. 독자의 입맛은 백인백색, 다 다르겠지만 우선 서두라는 '맛보기'를 던져 보는 것입니다. 서두는 어느 독자라도 관심을 드러내는 공통적인 맛보기가 되어야 할 것입니다.

1) 바람직한 서두

* 쉬운 말로 씁니다.
* 참신하고 서정적인 용어와 간결한 문체로 씁니다.
* 흥미 또는 동기를 유발할 수 있는 내용으로 씁니다.
* 뭔가 있을 것 같은 예감이 들어 있어야 합니다.
* 글의 내용과 목적과 부합되어야 합니다.
* 계절, 서정적인 감흥을 불러일으킵니다.
* 쇼킹한 서두로 충격적 요법을 쓸 수도 있습니다.
* 억지나 역설적인 자기주장으로 시작합니다.
* 학설, 속담, 격언, 일화, 명언 등을 인용해 신뢰도를 높입니다.
* 사실과 사건, 생각 등을 거두절미하고 쑥 끄집어내어 호기심을 극대화합니다.
* 장소나 시간, 분위기, 자연, 환경, 인물의 묘사 등으로 시작합니다.
* 가설을 제시하고 해석을 통하여 자신의 생각을 밝혀 나갑니다.
* 문제점, 대화, 독백, 고전(古典), 또는 이색적 제시로 시작합니다.
* 결론적으로 강조하고 싶은 내용을 전제하여 시작합니다.

2) 바람직하지 않은 서두

* 상식적인 인생론을 과장하여 꺼내놓기

* 진부한 전제나 설명을 하는 일

* 본문의 내용과 동떨어진 내용

* 주어진 주제에 대해 불평 늘어놓기

* 전체 흐름에 혼란을 줄 수 있는 내용

* 개인적인 변명을 늘어놓기

* 사전적 정의에 골몰하거나 그것에 전적으로 의존하는 말

* 과장법이나 추상적인 표현

* 신선미 없이 진부하거나 너무 평범한 내용

* 관심이나 흥미를 끌 수 없는 내용

* 자신의 주장을 너무 강요하는 내용

* 교훈적 훈시를 주로 하는 내용

* 무슨 뜻인지조차 모르는 불분명한 내용

* 지식의 나열이나 자기 과시, 구태의연한 설명

* 저속한 표현, 외래어나 외국어, 한자의 남용

* 모방과 불필요한 인용 따위

3) 수필 서두에서 유의할 점

* 소박하고 차분하게, 글의 성격에 맞아야 합니다.

* 함축, 상징성이 있도록 합니다.

* 가능한 간결하게 씁니다.

4. 서두 쓰기, 첫문장의 실제

1) A=B, 해석으로 시작

* 수필은 청자연적이다. -피천득, 「수필」

* 딸깍발이란 것은 남산골 샌님의 별명이다. -이희승, 「딸깍발이」

* 저녁밥 짓는 냄새는 엄마 젖 냄새 같다. -조경희, 「밥 내음」

* 몸으로 푸는 수수께끼가 있다. -김학례, 「몸으로 푸는 수수께끼」

* 출발은 마음을 설레게 한다. -석오균, 「또 다른 출발선」

2) 회상에서 시작

* 동네마다 특징적인 부부의 모습이 있다. -정희자, 「부부싸움」

* 며칠 전 택시를 탈 일이 있었다. -허미나, 「당신은 명품입니다」

* 실감이 나지 않았다. -피귀자, 「빨간 신호등」

* 사월 봄꽃이 다투어 피고 지던 즈음 이사를 하였다. -김길호,
「이사」

* 낯선 남자들과 어울렸다. -조경희, 「낮술」

3) 글을 쓰는 동기부터 시작

* 사진 속의 내 위장이 온통 피범벅이다. -이원길, 「돌풍」

* 무언가를 배운다는 것은 가슴 설레게 하는 일인가 보다. -전윤권, 「바리스타」
* 언제인가부터 나는 침대에 관한 글을 한 편 써 보고 싶었다. -염정임, 「침대에 관한 명상」

4) 묘사로 시작

* 나는 꽃집 옆 담 자락에 기대어 비를 맞고 서 있습니다. -김진복, 「꽃 마네킹의 독백」
* 몸무게를 실어 조심스레 방문을 민다. -김귀선, 「방」
* 창밖을 보니 밤새 반짝거리던 크리스마스트리가 힘에 겨워 보인다. -정지극, 「후회」
* 구피가 어항 속에서 한가롭게 노닐고 있다. -권용술, 「구피의 사랑」
* 시련 속에서 짓는 미소가 연꽃 같다. -김선유, 「정화」
* 손바닥을 펼친 채 축 늘어진 엄마 손은 손가락 몇 개를 움직이면서 나를 부른다. -박선희, 「이야기 손」
* 붉은 사과가 노을을 빨아 당기고 있다. -장재균, 「살 맛 나는 세상」
* P씨네 거실에는 흑백 티비가 버티고 있다. -백지은, 「흑백 티비」
* 선배 S씨는 비늘 같은 햇살이 부서지는 수면 위의 낚시찌를 물

끄러미 바라보고 있다. ─이광식, 「어느 남자의 이야기」

* 병자년(丙子年)의 마지막 달력을 떼어버린다. ─강범우, 「나는 아직도 49세」

* 서서히 어둠이 사라지고, 아파트 베란다 사이로 나지막한 햇살이 비치고 있다. ─김단아, 「아침 햇살」

* 간밤에 부엉이가 심하게 울었다. ─윤영, 「인연」

* 나른한 오후, 도회지의 봄은 식후 찾아 오는 식곤증처럼 졸음에 겨워 척척 늘어지고 있다. ─정지극, 「성당못에서」

* 남자가 다가온다. ─강은미, 「살다보면 바람은 부레 마련이겠지」

* 흰 콘크리가 깔린 골목길, 담벼락을 따라 다닥다닥 줄서기하고 있는 자동차. ─ 이아세, 「한낮의 동화」

5) 설명으로 시작

* 우리 때는 할아버지께서 사랑채에 앉아 헛기침만 해도 집안일이 큰 마찰 없이 잘 돌아갔다. ─방종현, 「접고 사는 남자들」

* 사무치게 그리운 고향은 아니다. ─천윤자, 「자인장에서」

* 6학년 10반 된 회원들이 여행을 나섰다. ─김외남, 「오늘 따라 아버지가 보고 싶어진다」

* 나는 방정환 선생님만큼이나 아이를 좋아합니다. ─김대경, 「앙증스런 발」

* 종부의 연분홍 저고리와 자줏빛 통치마가 정겹다. —서미숙, 「사돈 상」

* 혼례 자리에 닭은 부부 금슬을 상징하는 동물이다. —오태성, 「파라다이스 닭장」

* 여행은 사람마다 목적이 다르다. —문상칠, 「구채구와 황룡」

* 흡연이 몸에 꼭 해로운 것만은 아닌 것 같다. —전병만, 「백색 연기의 유혹」

* 한 발짝도 앞으로 나아가지 못한 채 문학의 길 위에서 서성이며 세월만 흘러간다. —김순희, 「문학의 길」

* 우리는 많은 사람과 만나고 헤어진다. —김진태, 「쉬었다 가십 시오」

* 큰집을 두고 사람들은 회나무 집이라고 말했다. —한정애, 「회 나무 집」

* 백수가 과로사한다는 말을 실감하며 한 주간을 헤쳐 나가는 나 는 아직 젊은이다. — 김외남, 「나는 젊은이다」

* 색이란 것은 남녀 간에 말하는 그런 애정적인 것이 결코 아니라 눈에 보이는 것, 변해 없어지는 것을 말한다. —이철호, 「색의 의미」

* 세월의 지우개는 인정사정없다. —류병숙, 「외상장부」

6) 대화로 시작

"어멈아. 밥 먹자꾸나."
"네, 어머님."
"여기 있어요."
"엄마 내 용돈, 차비."
"엄마 내 체육복."
"그래 알았다. 알았어."
아침이면 내 몸은 열이라도 모자란다. ―고임순, 「빈집」

"황천길이 멀다 해도 대문 밖이 저승일세."
"어허이 어허, 어니넘차 어허."
"북망산이 멀다더니 문전 산이 북망이네."
"어허이 어허, 어니넘차 어허." ―은종일, 「이승과 저승의 경계」

7) 인용으로 시작

*"엄마 왜 큰이모 옷을 입고 있어? 아줌마 같잖아." ―김숙현,
「몸뻬바지를 입고」
"앗, 발에 가시가 박혔다." ―정영태, 「추억 속의 오늘」
"너 혹시 넘사벽이 뭔지 아니?" ―임수진, 「가장 맛있는 말」

* 연애와 기침은 감출 수 없다. ─피귀자, 「흔한 보물」
* 우리가 살고 있는 지구상에는 120여 만 종의 동물이 살고 있으며 이 중에 3/4이 곤충이라고 한다. ─이재석, 「동물의 변태와 모성」
* 여자들은 흔히 말한다. 다시 태어나면 여자가 아닌 남자로 태어나고 싶다고. ─김황태, 「남자도 힘들다」
* "멀리 있는 효자 인사 드리옵니다." ─최정희, 「요즘 효자」
* 집에서 새는 바가지 나가서도 샌다는 속담이 있다. ─박지연, 「바가지」
* 아이 키우기가 겁난다는 말을 많이 한다. ─김진복, 「부모 자식 간의 소통」
* "엄마, 세상에서 무슨 동물이 제일 좋아?" ─ 이아세, 「아저씨와 쭈쭈」

8) 질문(의문), 역설에서 시작

* 보잘것없는 녀석의 생김새로야 뭐 그리 씹을 것이 있고 맛이 날까. ─안예희, 「동곡장 간갈치」
* 택시 안에서 잠시 후면 만나게 될 그녀를 생각해 본다. 어떤 모습으로 살고 있을까? ─정숙자, 「아버지를 닮은 불상」
* 꽃동네에는 꽃이 없었다. ─ 이웅재, 「꽃동네」

* 밥은 무엇이며, 글은 무엇일까요? - 장재균, 「밥내음」

9) 독백으로 시작

*이것도 선물일까. -노정희, 「동거」
*먼 나라 여행을 꿈꾼 지 3년이다. -권숭분, 「아! 로키산맥」

10) 상징이나 비유로 시작

* 나는 한 마리 까치가 되었다. -김종태, 「오작교」
* 문학은 금싸라기를 고르듯이 선택된 생활 경험의 표현이다.
    -피천득, 「순례」
* 술집 여자들은 왜 화장을 짙게 할까? -장호병, 「가시」
* 역사의 강물에는 건져 올릴 물고기들이 많다. -김학, 「진짜, 아
    니되옵니다」 ′
* 퇴근 무렵의 신천대로는 극과 극이다. - 윤애자, 「멀어질수록
    그리워지는」
* 그를 보고 있으면 사월의 풋풋한 보리밭을 감상하는 것 같다.
    - 한대현, 「'티케'의 선물」

11) 일의 동기나 결과에서 시작

* 같은 부서 K양이 실연당했다. ─권동진, 「서리 맞은 나무」
* 반복 버튼을 눌러 놓은 지 한참이다. ─윤애자, 「광화문 연가」
* 자식 농사 망쳤다는 친구가 술 한잔 하잔다. ─이규석, 「멍에」
* 고향마을에 오랜만에 경사가 났다. ─이재영, 「경사」
* 냉장고 문을 연다. ─임춘희, 「중얼중얼」
* 무엇을 해도 좋은 계절이다. ─정한열, 「복불목」
* 뜬눈으로 밤을 새웠다. ─김시종, 「황혼열차」
* 부모님을 모시고 선산(先山)을 찾았다. ─최애정, 「부모님이 주신 보증수표」
* 가슴이 답답해 밤새 뒤척이다 새벽에 일어나 뒷산을 향한다. ─곽미숙, 「죽음의 문턱」
* 며칠 전 목욕탕에서 또 친구는 때 타월을 훔쳤다. ─이상숙, 「샤프녀의 친구」
* 몇 년 전 독사에게 물렸다. ─조대희, 「뱀에게 감사를」
* 그 집에 불이 꺼져 있었다. ─허임숙, 「빈 집」
* 아내는 유언 한 마디 남기지 못하고 눈을 감았다. ─김장호, 「이승과 저승사이」

12) 사색에서 시작

* 불행한 사람의 전유물로 여기기 쉬운 것이 눈물이지만, 눈물을 흘릴 수 있는 사람은 행복하다. ─장호병, 「눈물」
* 그리움에 이르는 길은 시효가 없나 보다. ─권동진, 「팔십 골」
* 비밀에도 색깔이 있다면 어떤 색깔로 표현할 수 있을까. ─정희자, 「비밀」

13) 계절에서 시작

* 소소리바람에 따스함이 묻어난다. 나목들이 하나둘 기지개를 켠다. 성미 급한 나무는 벌써 꽃눈을 터뜨렸을 거다. 삼월이 코앞이다. ─류재홍, 「봄바람」
* 아침마다 서늘한 바람이 부는 것을 보니 가을이 성큼 다가왔음을 느낀다. ─정지연, 「가을의 문턱에서」
* 경칩과 춘분을 품고 물오름달이다. ─은종일, 「줄탁동시」
* 4월의 나이아가라 폭포는 울고 있었다. ─고임순, 「해빙기」

14) '나는' '우리는'으로 시작

* 나는 그믐달을 좋아한다. ─나도향, 「그믐달」
* 나는 아파트의 인도 위를 걷고 있었다. ─강은미, 「무게」

5. 서두 쓰기, 도입단락의 실제

글쓰기에서 가장 중요한 요지를 문두에 밝히는 경우가 있습니다. 두괄식이나 연역법의 경우가 그러합니다. 작품 전체를 두고 볼 때 서두는 도입단락에 해당됩니다. 한 단락을 두고 볼 때는 첫 문장이 서두의 역할을 합니다. 서두가 요지를 나타내는 주장이라면 이하는 그 요지를 뒷받침하는 글이 됩니다.

> <u>사람이란 대체 묘한 존재다.</u> 이 세상에 태어난 것이 우선 묘하고, 어디서 왔는지, 어디로 가는지, 무엇 때문에 사는지도 모르고 살아가는 것이 묘하고, 그러면서도 무엇을 생각하려고 하는 것이 묘하고, 백인백색으로 얼굴이나 성미가 다 각각 다른 것이 또한 묘하다. 모르면 약이요, 아는 게 병인데도 아는 체하는 것이 묘하고, 뛰는 놈 위에 나는 놈이 있건마는 다 뛰려고 하는 것이 묘하다.
>
> ─이희승, 「묘한 존재」 중에서

> <u>달팽이를 보고 있으면 걱정이 앞선다.</u> 험한 세상 어찌 살까 싶어서이다. 개미의 억센 턱도 없고 벌의 무서운 독침도 없다. 그렇다고 메뚜기나 방아깨비처럼 힘센 다리를 가진 것도 아니다. 집이라

도 한 칸 있으니 다행이다 싶지만, 찬찬히 뜯어보면 허술하기 이를 데 없다. 시늉만 해도 바스라질 것 같은 투명한 껍데기. 속까지 비치는 실핏줄이 소녀의 목처럼 애처롭다.

— 손광성, 「달팽이」 중에서

능수버들은 오랜 세월 우리 민족과 함께 살아오면서 사람처럼 착한 일을 많이 하고 있다.

그 나무는 우리국토를 아름답게 꾸미려고 꽃을 세 번이나 피운다. 이른 봄에 돋아나는 연두색 잎이 첫 번째 꽃이다. 그때 능수버들은 벚나무나 살구나무처럼 나무 전체가 꽃나무로 보인다. 진짜 꽃은 4월쯤에 노랑꽃을 피운다. 다음은 소설이 지나고 기온이 영하로 내려가면 노르무레한 단풍이 든다. 단풍이 진노랑으로 변하면 들판에 꽃나무가 서 있는 것 같다. 다른 나무들이 모두 옷을 벗어서인지 단풍든 자태가 더욱 아름답다. 이렇게 당년에 꽃을 세 번 피우므로 삼화류(三花柳)라는 이름을 붙여주고 싶다.

능수버들은 한파에 강하다. 입동이 지나도 월동준비는 접어두고 만만디로 놀기만 한다. 한파가 닥치면 나뭇잎을 얼릴 것 같아 마음이 놓이지 않는다. 그런데, 그들 중에도 월동준비를 일찍 서두는 나무가 있다. 땅에 닿을 듯이 늘어졌던 가지를 점점 위로 당겨 올린다. 가지를 무릎까지 올렸을 때는 단정한 여학생처럼 보이다가 미니스커트 차림으로 허벅지를 드러낸 요염한 아가씨로 변한다. 그 다음에는 초 미니형의 치마로 엉덩이를 드러낸 광대가 되었다가 머리에 무스를 바른 총각으로 변신한다. 겨울이 되면 가지를 위로 쳐들고 나무 본래의 모습인 원추형으로 돌아가 귀소본능의 면모를 보여주는 재주꾼이 된다. 나무가 그렇게 변신을 할 수 있었던 것은 무거운 잎을 일찍 떨어뜨렸기 때문이다. 그러나 대부분의 능수버들은 가지를 들어 올리다가 새 움을 달고 늘어진 채 겨울을 난다. 한 겨울을 초조하게 보내다가 봄이 되면 늦게 퇴근한 사람이 일찍 출근하는 것처럼 다른 나무보다 먼저 싹을 틔운다.

공해를 막아주는 능수버들은 환경 지킴이이다. 근래에 조성되는 공단에서는 능수버들을 많이 심었다. 포항제철에서는 울타리를 만들었고 대구 삼공단에서는 가로수로 심어두었다. 이 나무들은 공단에서 배출되는 공해를 정화시켜 주고 더운 날에는 쉼터가 된다. 다른 나무들은 겨울 준비를 하느라 옷을 다 벗었는데 혼자 공해를 막으려고 푸른 잎을 늦도록 달고 있다가 결국에는 얼리고 만다. 얼어서 말라드는 잎을 보면 안쓰럽다. 그들은 자기 몸을 희생하면서 공해를 정화시키고 있다. 그 뿌리는 땅으로 스며드는 공해 물질을 정화시켜 토양과 수자원을 보존한다. 사람들은 따뜻한 방에서 몸을 보전하는데 자기를 희생하며 환경을 지켜주는 나무가 애국자로 보인다.

사람을 닮은 능수버들은 오랜 세월 우리 민족의 친구였다. 나라에서는 궁궐 안에 그 나무를 심어 산책로나 쉼터를 만들었다. 궁궐에만 심은 게 아니고, 각 고을과 마을에서도 연못을 만들고 그 둘레에 심었다. 실 같은 가지를 수직으로 늘어뜨린 수사류(垂絲柳)는 연못가에서 물과 어울려 멋을 부린다. 일에 지친 농부는 그늘에서 땀을 식히고, 시인 묵객은 시를 읊고 묵화를 남긴다. 능수버들을 교정에 심어 쉼터를 만들어 주면, 학생들은 나무 그늘에서 책을 읽으며 우의를 다지고 있다. 혼자 있을 때는 한가로이 세월을 읽다가 사람이 모이면 춤판을 만들어 준다. 그와 같이 놀던 우리는 풍류를 즐기는 민족이 되었다.

그는 나무라기보다 무용수란 말이 어울린다. '제멋에 겨워서, 축 늘어졌구나. 흥——' 노랫말처럼 휘영청 늘어진 치마에 사붓이 돌아가며 손사래 치는 자태는 영락없는 여인이다. 여인이라도 앳된 아가씨가 아니고, 외모가 훤칠하고 인심 좋은 부잣집 마나님이다. 사람들은 그를 아무나 쉽게 접할 수 있는 노류장화에 비유하나, 어느 한량과 외도하여 염문을 퍼뜨린 적이 없다. 언제나 제 자리에서 누구나 반겨 맞이하는 만인의 연인이다.

미인인 그에게도 시련기가 있다. 신록기가 지나면 녹색 잎이 검푸른 바탕에 회색을 띤다. 휘영청 늘어진 가지에 춤만 추던 미인이 육중한 몸을 가누지 못하는 뚱보로 변한다. 녹음기라 성장하려고 과식한 탓인가. 날씬한 무용수가 자기 몸 상하는 것도 모르고 공해를 너무 많이 섭취하였는가. 안타까운 마음으로 지켜본다. 우리 민족의 친구인 능수버들의 인기가 떨어질까 내심 걱정이다. 지금까지 능수버들을 칭찬하는 사람이 적은 것은 녹음기에 못난 이 모습 때문이었을까. 천하일색 양귀비도 늘 예쁠 수는 없지 않은가. 성장과정에 일시적인 변신은 누구나 겪는 일이 아니던가. 공해를 다량 섭취하여 보기 흉하다면 도리어 기특하지 않은가. 인물이 못나도 마음씨가 고우면 칭찬받을 일이 아니던가. 한동안 걱정스레 쳐다보는데 비만환자가 탈바꿈하듯이 날씬한 몸짱으로 변한다. 그러면 마음이 놓인다.

우리 민족의 정서와 애환이 담긴 민요 '천안삼거리'에는 능수버들이 담겨있다. 명절의 기쁨을 나누고 이웃의 경사를 축하하는 동안에 이 노래가 만들어졌을 것이다. 노랫말 끝 구절에 '성화가 났구나.'는 어느 관찰사가 잘못하여 경종을 울리려고 붙였다고 한다. 정치가는 백성을 잘 다스려 국민의 원성을 듣지 않도록 하라는 뜻이 있다. 노랫말 속에 관리를 견제하는 말을 삽입한 조상들의 기지(機智)가 놀랍다. '천안삼거리'를 부를 때 능수버들은 지조가 높은 선비로 보인다.

능수버들은 우리 민족성을 나타낸다. 그 나무는 아무리 세찬 폭풍이 몰아쳐도 가지가 부러지지 않는다. 우리 민족은 유사 이래 많은 외적의 침략을 받아도 그들을 물리쳤다. 우리 조상들이 많은 역경과 고난을 이길 수 있었던 것은 능수버들처럼 부드러운 것이 굳센 것을 이긴다는 유능제강(柔能制剛)의 처세술을 익혔기 때문일 것이다. 나는 화나는 일이 있을 때 그 나무 앞에 선다. 그러면 마음이 편안해진다. 능수버들은 고난에 대처하는 방법을 가르쳐 주는 민족의 스승이다.

삼화류(三花柳)는 사람보다 착한 일을 더 많이 하고 있다. 앞으로 그의 업적을 계속 찾아 기록으로 남기며 자랑하고 싶다.

– 원용수,「능수버들」전문

'봄'에서 배우는 글쓰기

말 속에는 대를 이어 살아온 사람들의 생각이 고스란히 담겨 있어 자못 흥미롭습니다.

'봄'은 글 쓰는 이들에게는 보석처럼 반짝이는 말입니다.

눈 가는 곳마다 어제와 다른 볼거리가 눈을 휘둥그레지게 합니다. 아니, 대지를 뚫고 솟아오르는 온갖 것들이 시선을 끌어당긴다고 하는 것이 옳겠습니다. 오세영 시인은 '봄이 밟고 간 땅마다 온통 지뢰의 폭발로 수라장이다'라고 노래합니다.

봄이란 말에는 이제까지 보지 못했던 새로운 변화를 본다는 의미를 담고 있습니다.

지난겨울 칼바람을 맞으며 그 자리에서 좀체 물러서지 않을 것 같던 억새는 새싹에게 이불이 되어주다가, 봄비에 스르르 몸을 눕힙니다. 새싹에게 자리를 내어주는 게 어디 억새뿐이겠는가. 겨우내 숨죽이고 있던 새싹들이 일제히 고개를 내밉니다. 한꺼번에 솟는가 했더니 일진, 이진으로 나누어 질서정연하게 대열을 갖추어 독일병정처럼 밀려듭니다.

이어서 꽃바람이 나비와 벌을 불러 모읍니다. 그 미물들의 부지런한 날갯짓 소리는 지구가 자전할 때 내는 소리 '옴'과 흡사합니다. 짝을 찾는 새들의 지저귐은 또 얼마나 요란한가. 온갖 소리의 향연은 우리의 눈을 붙잡기 위한 것입니다. 이처럼 볼 것이 많으니 이 계절을 봄이라 이르지 않고 무어라 말하겠습니까!

꽃을 본다고 어디 꽃만 보겠는가.

우리의 선인들은 '명사십리 해당화야 꽃 진다고 설워마라. 명년삼월 봄이 오면 너는 다시 피련만. 우리 인생 한번 가면 다시 오기 어려워라.'라고 하였습니다. 피고 지는 꽃을 보면서 인생의 의미를 생각했던 것입니다.

그래서 봄은 단순히 드러난 사물만을 보여주는 게 아니라, 그 이면에 닿아 있는 삶의 의미를 생각하게 합니다. 같은 맥락으로 다음 시를 음미해본다.

'내려갈 때 / 보았네 / 올라갈 때 / 보지 못한 / 그 꽃'

(고은, 「그 꽃」 전문)

작가가 본 것은 말 그대로 그 자리를 지키고 있었던 꽃일까?

사유를 확장해 보면 '그 꽃'은 이제까지의 삶에서 간과했던 보다 본질적이고 근원적인 인생의 의미입니다. 즉 시인이 본 것은 단순히 사물이나 현상의 바깥을 본(look at: 見) 것이 아니라, 대상의 내면 저 깊은 곳에 도사리고 있는 눈에 보이지 않는 인생의 의미를 새겨서 보(see: 觀)았다는 뜻입니다.

역으로 성공을 향하여 앞만 보고 내달릴 때는 몰랐던 것이 한 발자국 비껴서니, 비로소 인생의 의미가 보이더라는 것을 일상적 삶에서 찾아 표현한 것이 '그 꽃'입니다.

수필이 아무리 자유로운 무형식의 글이어도 사실의 전사는 아닙니다. 본 것만으로는 수필이 될 수 없습니다. A를 B로 보았다는 해석이 있어야 하고, 삶의 의미에 대한 전과 다른 깨달음이 들어 있어야 하는 것입니다.

글쓰기를 어렵게 생각하는 사람들 가운데는 글 속에 의미심장한 것을 담아야 한다는 강박관념에 사로잡힌 이들이 많습니다. 글쓰기는 어쩌면 인간적인, 너무나 인간적인 시행착오에서 오는 깨달음에서 출발합니다. 누구나 겪었음직한 지극히 사소한 발견일수록 그 울림이 큽니다. 그럼에도 글을 써보면 특별한 무언가를 찾게 되고, 힘을 잔뜩 넣으려는 자신을 발견하게 됩니다.

본 것이 어디 한둘이던가. 내가 본 그 많고 많은 것들 중에서 막상 주제나 소재를 떠올리면 우리는 말에 갇히고 맙니다. A를 B로 본다는 간단한 렌즈조차 잊어버립니다. 삶에는 다양한 수많은 해법이 있음에도 불구하고 오직 하나뿐인 정답을 찾으려 합니다. 즉 눈으로 본 가시적 세계는 갑이 본 것이나 을이 본 것이나 크게 다를 바가 없습니다. 누가 더 정확하게, 더 많이 보았는가의 차이 정도입니다. 달리 볼 수 있는 것은 아무것도 없습니다. 해석을 통했을 때만이 전혀 다른 관점으로 볼 수 있는 것입니다. A를 B로 보기 위해서는,

유일한 정답(unique answer) vs 다양한 해법(various solution)
look at(見)   vs see(觀), feel, think, find
개미형 지식   vs 거미형 지혜
드러난 현상   vs 잠재된 가치와 의미
언어의 안쪽인 기표   vs 언어의 바깥까지의 기의

전자들이 단답형이라면 후자들은 무한한 사유의 전개가 가능한 서술형이 될 것입니다.

왜 눈이 둘인가!

한쪽 눈은 대상을 향하고, 또다른 한쪽 눈은 자신의 내면을 향하라는 말이 있습니다. 하나의 현상에서 작가가 파악해야 할 본질은 관찰자(the observer)와 관찰대상자(the observed)의 합작물입니다. 따라서 자신을 대상에 투사하였을 때 비로소 일반화해도 좋을

객관성을 얻을 수 있습니다.

그리고 나머지 한쪽 눈마저 완전히 감았을 때, 진실로 보려하는 대상에 가깝게 다가갈 수 있는 경우가 허다합니다. 육신의 눈으로는 볼 수 없는 오감이 모두 촉수를 드러내기 때문입니다.

귀로 보고, 입으로 듣고, 눈으로 말하는 것이 진실에 더 가깝습니다. 육신의 눈이 아닌, 마음의 눈, 심령의 눈으로 대상에 다가가기 때문입니다.

공자가 그의 스승 자야에게 거문고를 짧은 시간에 잘 탈 수 있는 비법을 물었을 때, 자야는 小人樂法 君子樂道라 답했다.

이 또한 위에 열거한 전자들과 후자들을 집약한 말이라 할 것입니다.

찬란한 봄, 꽃을 꽃으로 보는 눈, 꽃에 깃든 의미를 보는 눈이 더욱 빛났으면 좋겠습니다.

신비와 이치의 접목

　대개의 경우 독자는 불특정 다수인 대중으로서 그다지 이성적이지 않은 대중 없는 사람들입니다. 인내심이 없고, 주의력이 산만하며, 무관심하며, 예측이 쉽지 않은 집단입니다. 더구나 독자는 잠재적으로는 설득되지 않으려는 반작용의 기질까지 가지고 있습니다.

　스마트폰과 같은 기기의 발달로 혼자서도 잘 놀 수 있는 미디어 환경에서 굳이 글을 읽지 않아도 독자는 언제고 재미있게 시간을 보낼 수 있으며, 항상 바쁩니다.

　설사 작가가 피를 찍어 썼다 할지라도 재미가 없거나 이미 알고 있었던 진부한 내용이다 싶으면 독자는 언제고 책장을 덮어버릴 것입니다. 독자는 빠져나올 궁리만 할지도 모릅니다. 글의 끝까지 관심을 잡아두는 방법 중 하나가 신비와 이치를 접목하는 일입니다.

서산대사와 사명당이 먼 길을 가고 있었다. 지루함을 느낀 사명당이 스승 서산대사에게 문제를 하나 냈다.

"저어기 누워 있는 검은 소와 누런 소 중 어느 쪽이 먼저 일어날까요?"

"글쎄, 스님이 한번 맞춰 보시게나."

사명당은 오행의 '불火' 궤를 뽑았다.

"그야, 누런 소가 먼저 일어나겠지요!"

"아닐 걸."

'걸' 소리가 입 밖으로 나오기가 무섭게 검은 소가 벌떡 일어났다.

"아니! 어찌 배운 대로 되지 않습니까?"

"보시게, 불을 피울 때 연기가 먼저 일어나던가, 불꽃이 먼저 일어나던가?"

지식보다는 삶 속에서 얻어지는 지혜가 더 소중하다는 예화입니다. 예화에는 재미는 물론 그 자체로서 작가가 의도하는 주제까지 내포하고 있습니다. 설득을 위한 좋은 방법이라 하겠습니다.

삶 속에서의 신비를 통하여 독자의 관심을 유지하면서, 그 신비가 어떤 이치에서 왔는지를 발견할 수 있는 글을 소개합니다.

가장 소중한 보물, 가족 / 박혜경

정수리에 내리꽂히던 8월의 뜨거운 태양도 추석이 지나자 한층 누그러졌다. 따사로운 가을 햇살을 먹으며 씨 없는 청도 반시는 붉게 익어간다. 크레파스로 그려도 저리 붉고 맑은 감빛을 내지 못하리라.

청도지역의 특산물로 씨 없는 감, 청도반시가 유명하다. 씨가 없는 이유는 청도 감나무의 경우 암꽃만 맺는 품종이기 때문이다. 암꽃과 수꽃이 만나야 씨가 생기는데 청도에는 수꽃 감나무는 베어내고 주로 암꽃 감나무만 남아있어 수정이 되지 않는다. 또한 청도는 산이 높고 오목한 바구니처럼 지형이 분지 형태라 감꽃이 피는 5월에는 안개가 짙어 꽃가루를 옮길 벌들이 날아다니기도 어렵다. 하지만 청도반시는 씨가 없기 때문에 더욱 찰지고 당도가 높다. 다른 지역 감들은 씨앗을 발라내고 나면 먹을 수 있는 부분이 반토막이지만 청도반시는 오롯이 한 놈을 통째로 먹을 수 있으니 얼마나 알뜰한가 말이다.

고향집에도 감나무가 있었는데 봄날 아침에 일어나면 마당 가득 연노란 감꽃이 꽃비처럼 내려앉아 있었다. 그 모습이 얼마나 예쁜지 쪼그리고 앉아 동생이랑 열심히 주워 먹었는데, 처음엔 떫고 별맛이 없지만 신기하게도 계속 씹으면 단맛이 나온다. 왕관처럼 생긴 감꽃을 명주실로 꿰어 목걸이도 만들고 머리에 얹어 머리띠로 사치도 부려 보고 언니 손가락에 꽃반지도 끼워주다 보면 봄날 아침이 쌩~ 달아나곤 하였다. 무더운 여름날, 감나무는 더없이 좋은 그늘이 되어 주었고 가을에는 주렁주렁 달린 홍시를 따 먹다가 얼굴에 온통 감맛사지를 하곤 하였다. 감물은 옷에 묻으면 지워지지 않아서 가을 블라우스에는 항상 훈장처럼 감물이 얼룩져 있었다.

붉은 빛 청도반시에 홀려 동창천이 굽이쳐 흐르는 청도 운문산 계곡으로 가을여행을 떠난다. 청도 임당리마을 김씨고택. 내시가 살던 전통고택이다. 내시는 많고 많은 지역 중에 왜 하필 씨 없는 감마을, 청도에 둥지를 틀었을까? 김씨고택은 19세기 조선의 궁중내시였던 김일준이 통정대부 정3품의 관직을 지내다 고향으로 내려와 지었다고 전해진다. 16대까지 성이 다른 내시를 양자로 들여 대를 이어 왔으며 17대 이후로는 실제 내시로 봉직하지 않고 지역 마을에 봉사하며 자식도 낳아 키웠다고 한다. 내시는 양자를 삼을 때 후천적으로 고자인 아이를 택했는데, 이런 이유로 가난한 집에서 일부러 어린 자식을 거세시킨 뒤 내시 집안에 입양시키기도 하였다. 내시들도 남성을 잃었지만 혼례를 치러 아내를 맞이하고 가정을 꾸릴 수 있었다. 하지만 내시집안의 법도에 따라 시집온 아녀자들은 한 번 들어오면 평생 대문 밖을 못 나가고 쓸쓸히 늙어 갔다.

어린 나이에 팔려 와서는 엄격한 궁중의 법도와 내시의 교육을 받는 아이들. 젖 한 번 물러보지 않은 남의 자식을 키우며 궁궐에 계신 남편만 기다리는 아녀자. 피한방울 섞이지 않은 자식과 살 한 번 부대껴 보지 못한 아내를 두고 구중궁궐 속에서 다른 님을 모셔야 하는 내시. 서로 아무런 연고도 없지만 그들을 조각보처럼 하나로 묶어주는 끈끈한 보물이 있었을 것이다. 그 보물을 임당리 김씨 고택 마당에서 찾아본다.

김씨고택은 솟을대문에서부터 시작하는데 5칸 대문을 들어서면 좌측에 큰 사랑채, 우측에 작은 사랑채가 있다. 대문과 다른 건물들은 서남서향이거나 임금님이 계신 북향인데, 큰 사랑채와 그 뒤에 있는 곳간채는 남향을 하고 있다. 집안에 오가는 사람들을 쉽게 살피기 위한 구조이다. 특히 손님이 방문하면 대문에서 사랑마당을 거쳐 안마당으로 출입하는 중문까지 모든 과정을 큰 사랑채에서 한눈에 볼 수 있게끔 배치하여 여느 사대부 저택보다 한층 더 엄격한 내외공간 구분과 출입을 관리할 수 있도록 하였다는 점이 특색이다.

그리고 사랑채에서 집 안팎의 출입, 특히 안채의 출입을 감시할 수 있도록 사랑채의 마루를 두르고 있는 목판마다 보통 사람의 양쪽 눈 간격 정도의 거리를 가진 작은 구멍을 여러 개 새겨 놓았고 작은 사랑채 옆에는 몸을 숨길만큼 작은 토담도 세워져 있다. 토담에 숨어서 몰래 소리를 엿듣거나 구멍을 통해 누가 드나드는지 일일이 감시할 수 있었다. 외부인은 반드시 큰 사랑채와 작은 사랑채 가운데 있는 작은 문을 지나야 안채로 들어 갈 수 있다. 마치 아파트입구에서 경비아저씨가 구멍으로 몰래 출입하는 사람을 감시하는 것 같아 몹시 불쾌하다. 그냥 훤히 보이도록 나와 있으면 될 것을 왜 숨어서 몰래 엿보는 걸까? 구멍만 봐도 숨이 탁 막힌다. 그 구멍 속에 서슬 퍼런 감시의 눈빛이 총알처럼 내 가슴에 꽂힌다. 안채에 갇혀 살았던 아녀자들은 남편도 없이 얼마나 답답하고 외로웠을까? 대궐처럼 넓은 안마당도 감방같이 느껴진다.

가정이 있어도 궁궐 속에서 임금을 모시고 살아야하는 내시는 태어날 때부터 고자이거나 후천적으로 거세한 남성이었다. 당연히 아녀자의 일상 하나하나가 다 신경 쓰일 수밖에 없었을 것이다. 그러니 이렇게 안채로 드나드는 입구에 감시구멍을 만들어서 출입을 감시하고 통제하여야만 안심이 되었을 게다.

후손들이 모두 외지로 떠난 낡은 고택 사랑마당 연지 속에 개구리 한 쌍이 한가롭게 뛰어 논다. 저렇게도 자유가 그리웠을 내시의 삶. 아침저녁으로 임금의 수발을 들고 바람이 불까 먼지가 묻을까 일거수일투족을 살피며 임금의 그림자가 되어 허리가 휘어지도록 엎드려 따라다니는 내시에게 자유는 얼마나 달콤했을까. 아니 어쩌면 자유가 무엇인지 모른 채 한 평생을 살았을 지도 모른다. 구중

궁궐 속에서 숨소리도 내지 못하고 그림자처럼 항상 땅에 엎드려 있는 삶이 자유라고 생각했을 것이다.

그렇게 일생을 살아왔으니, 자신의 집에 와서도 문에 구멍을 파고 토담에 그림자처럼 붙어서 아녀자를 감시하고 살피는 외로운 삶을 내시는 살아 왔다. 그것이 본인은 가족에 대한 사랑이고 보호라고 생각했을 지도 모르지만 아녀자에게는 감시였고 구속이었다. 어두운 구멍 속에서 번뜩이는 시선은 아녀자들의 몸을 묶는 사슬이었다. 시선이 얼마나 위협적이고 권력이 될 수 있는지를 여실이 보여준다. 아이러니하게도 내시 자신의 자유는 또 다른 누군가의 자유를 박탈하고서야 얻을 수 있었던 것이다.

그러나 한편으로는 내시의 안타깝고 처절한 삶이 나무 틈을 파고들어 구멍을 만들었다는 생각도 든다. 구중궁궐에서는 임금을 살펴야 하고 집에 와서는 가족들을 살펴야 하는 외로운 삶. 서로에게 벽은 있었지만 애틋한 마음 또한 구멍을 넘어 상대에게 전달되지 않았을까. 사랑은 결국 관심에서 나오는 것이니, 상대를 보고 살피는 것도 사랑의 한 모습일 수 있다. 가족을 사랑하지만 당당하게 나서지 못하는 내시의 마음이 안쓰럽고 처량하다.

청도반시가 다른 감보다 더 찰지고 달콤한 것은 비록 암수꽃이 만나 씨를 만들지는 못하였지만 여름 내내 뜨거운 햇볕을 견디고 모진 비바람을 잘 이겨냈기 때문이다. 내시가족 또한 피한방울 나누지 않은 남남이 모여 400년 동안 대를 이어 올 수 있었던 것은 가족이라는 이름으로 서로 아끼고 보듬었기 때문이리라.

씨앗이 없어서 더욱 맛있는 청도반시처럼 고자와 처녀, 그리고 소년이 만나서 가장 소중한 보물, 가족이 탄생하는 것이다. 내시 혼자서는 아버지도 아들도 될 수 없다. 함께 모여야만 의미가 부여되고 아버지, 어머니, 아들이라는 가족이 이루어진다. 비로소 혈육보다 더욱 애틋하고 서로에게 가장 소중한 보물이 되는 것이다.

맑고 투명한 붉은 빛 청도반시가 임당리 김씨고택 대문 앞을 지키고 서 있다.

– 매일신문사 주최
제25회 매일 한글글짓기 공모전대상 작품

가족이 되기 위해서는 음양교합의 혼인절차를 거쳐야 합니다. 청도는 씨 없는 감 청도반시로 유명합니다. 그곳에 내시 김씨 일가가 17대째 이어오고 있습니다. 청도반시는 암수꽃의 꽃가루받이가 없어 씨가 없지만 뜨거운 햇볕과 모진 비바람을 견뎌내었기에 여느 감보다 더 찰지고 달콤합니다. 피 한 방울 섞이지 않고, 젖 한 번 물리지 않았음에도 고자와 처자, 소년이 만나 가족이 되었기에 더욱 애틋하고 서로에게 가장 소중한 보물이 되었다는 것입니다.

원관념의 신비와 보조관념의 이치를 잘 접목한 작품입니다.

선명한 배경으로 글맛 키우기

글 쓰는 이라면, 글을 어떻게 맛있게 쓸 것인가 한번쯤은 아니 늘 머리에서 떠나지 않는 고민거리입니다. 맛있는 글은 설명하는 글이 아니라, 보여주는 글(Don't tell, show.)이라 말은 하지만 보여 주는 일이 그리 쉬운 일만은 아닙니다.

왼쪽은 그리스의 어느 거리에 있는 동상 그림입니다. 조각가는 어떤 의도로 우리에게 무엇을 말하고자 이 형상물을 만들었을까요. 그의 의도에 맞는 이름을 한번 지어봅시다. 우선 조형물의 특징을 살펴봅시다.

"앞머리는 당신의 시선을 끌 만큼 무성하고 뒷머리는 민머리입니다. 그리고 발에는 큰 날개가 달려 있습니다. 다시 말하면 내가 당신

앞에 나타났을 때 당신이 나를 잡으려 한다면 기꺼이 잡히겠습니다. 그러나 당신이 나를 놓치는 순간 나는 재빨리 달아날 것입니다. 일단 내가 달아나면, 당신이 아무리 민첩하다 할지라도 당신은 나를 결코 잡을 수 없습니다. 나의 뒷머리는 민머리이니까요. 나는 누구일까요?"

'기회'입니다. 저 동상 앞에 위의 설명을 붙여 놓았다면 당신은 건성으로 읽거나 끝까지 읽지 않을지도 모릅니다. 그러나 '기회'라 붙여 놓았다면 당신은 무릎을 치면서 위의 설명을 충분히 도출해 냈을 것입니다.

보여주는 글이 쉬운 일은 아닙니다. 그렇다고 보여줄 수 있을 때까지 기다릴 수는 없습니다. 즉시성이 떠난 글은 생명력을 잃어버리기 때문입니다.

글쓰기 입문자들은 아무리 생각을 짜 내어도 한두 줄 적고 나면 더 이상 쓸 수가 없다고 합니다. 그럼 글을 어떻게 살찌워야 할지, 또 좋은 글은 어떻게 태어나는지 한번 살펴보겠습니다.

작가는 동백꽃으로 유명한 선운사를 찾았습니다.

선운사에 와서 동백꽃을 보았지만 작가가 쓰고자 하는 것은 동백꽃도 선운사도 아닙니다. 어쩜 사랑을 잊기 위한 발걸음이었을지도 모릅니다.

발견 ——— 1) 꽃이

　　　　　3) 피는 건 힘 들어도 ——————— 배경

　　　2) 지는 건 잠깐이더군

　　　　　5) 골고루 쳐다볼 틈 없이 ——————— 배경

　　　　　6) 님 한번 생각할 틈 없이

강조 ——— 4) 아주 잠깐이더군

　　　　　3) 그대가 처음 ——————————— 배경

　　　　　4) 내 속에 피어날 때처럼

깨달음 ——1) 잊는 것 또한 그렇게

　　　　2) 순간이면 좋겠네

　　　　멀리서 웃는 그대여

　　　　산 넘어가는 그대여

　　　　　2) 꽃이 ————————————— 반전/배경

　　　　　3) 지는 건 쉬워도

깨달음 ——1) 잊는 건 한참이더군

강조 ——— 4) 영영 한참이더군.

　　　　　　　　　　　　　　－ 「선운사에서」(최영미)

첫눈에 그렇게도 쉬이 찾아든 사랑을 잊는 데는 왜 이다지도 오랜 시간이 걸려야 하는 것입니까. 정작 꽃은 피는 게 힘들어서 그렇지 지는 것은 잠깐입니다. 번호는 추정되는 생각의 순서입니다. 작가가 시작과 끝내기, 사랑과 꽃을 비교하고 대조하는 선명한 대비를 통하여 작가가 표현하고자 하는 주제를 명확하게 살리면서 시인은 「선운사에서」란 시를 완성해 나갔을 것입니다.

그럼 나도향은 그믐달에서 어떻게 배경을 사용하고 글을 살찌워 나갔을까요.

A는 B입니다. 결론부터 먼저 정의하고, 이후는 설득하는 방법으로 서술해 나갑니다. 그리고 마지막으로 $A'=B'$를 재구성하여 결론을 맺습니다. 문장을 어떻게 살찌워 나가고 있는지 살펴봅니다.

나는 그믐달을 몹시 사랑한다. (전제 : A=B)

그믐달은 요염하여 감히 손을 댈 수도 없고, 말을 붙일 수도 없이 깜찍하게 예쁜 계집 같은 달인 동시에 가슴이 저리고 쓰리도록 가련한 달이다.

서산 위에 잠깐 나타났다 숨어버리는 초생달은 세상을 후려 삼키려는 독부(毒婦)가 아니면 철모르는 처녀 같은 달이지마는, 그믐달은 세상의 갖은 풍상을 다 겪고, 나중에는 그 무슨 원한을 품고서 애처롭게 쓰러지는 원부(怨婦)와 같이 애절하고 애절한 맛이 있다.

보름의 둥근 달은 모든 영화와 끝없는 숭배를 받는 여왕(女王)과 같은 달이지마는, 그믐달은 애인을 잃고 쫓겨남을 당한 공주와 같은 달이다.

초생달이나 보름달은 보는 이가 많지마는, 그믐달은 보는 이가 적어 그만큼 외로운 달이다. 객창한등(客窓寒燈)에 정든 임 그리워 잠 못 들어 하는 분이나, 못 견디게 쓰린 가슴을 움켜 잡은 무슨 한(恨) 있는 사람이 아니면 그 달을 보아 주는 이가 별로 없을 것이다.

그는 고요한 꿈나라에서 평화롭게 잠들은 세상을 저주하며, 홀로 이 머리를 풀어뜨리고 우는 청상(靑孀)과 같은 달이다. 내 눈에는 초생달 빛은 따뜻한 황금빛에 날카로운 쇳소리가 나는 듯하고, 보름달은 치어다 보면 하얀 얼굴이 언제든지 웃는 듯하지마는, 그믐달은 공중에서 번듯하는 날카로운 비수와 같이 푸른빛이 있어 보인다. 내가 한(恨) 있는 사람이 되어서 그러한지는 모르지마는, 내가 그 달을 많이 보고 또 보기를 원하지만, 그 달은 한 있는 사람만 보아 주는 것이 아니라 늦게 돌아가는 술주정꾼과 노름하다 오줌 누러 나온 사람도 보고, 어떤 때는 도둑놈도 보는 것이다.

어떻든지, 그믐달은 가장 정(情) 있는 사람이 보는 중에, 또는 가장 한 있는 사람이 보아 주고, 또 가장 무정한 사람이 보는 동시에 가장 무서운 사람들이 많이 보아준다.

내가 만일 여자로 태어날 수 있다 하면, 그믐달 같은 여자로 태어나고 싶다. (결론 : A′=B′의 재구성)

나도향은 그믐달을 몹시 사랑하니까(A=B), 그믐달 같은 여자로 태어나고 싶다(A′=B′)고 결론을 재구성하였습니다. 밑줄 부분은 생략해도 뜻에는 변동이 없지만 글을 살찌우는 선명한 배경입니다. 초생달과 보름달을 배경으로 하여 글을 살찌우니, 그믐달이 선명하게 살아나고 있습니다.

있어도 좋고 없어도 좋다면 이는 비만일 확률이 높습니다. 과감히 제거해야 합니다. 가끔 배경에 불과한 경우인데도 불구하고 지나치게 화려한 어휘나 문장을 구사하여 비만인 글을 대할 때가 있습니다. 글을 살찌우고도 비만 때문에 주제를 흐리게 하지 않도록 유의할 일입니다.

배경과 근육살이 문장의 성패를 좌우합니다.

무한 기억저장소, 인드라넷 자극하기

　글쓰기에 입문하는 사람들 중에는 많은 사람들이 '나에게는 글을 쓸 만한 능력이 있을까?'라는 의문을 가집니다. 흔히 가방끈이 짧고, 학교 때 문예반 근처에도 가보지 않았으며, 연애편지 한 줄도 써본 적이 없다고 털어 놓습니다. 또 명석한 두뇌를 가진 것도 아니고, 자신은 독창적이거나 창의적일 만큼 젊지도 않다는 것입니다.

　나의 대답은 그런 의문이 인다면 글을 쓰기에 충분조건을 이미 갖추었다고 이야기합니다.

　글쓰기는 발명이 아니라, 발견입니다. 나아가 이를 조합하여 의미를 엮어내는 일입니다. 이제까지 살아온 삶의 궤적이 문학을 위한 큰 자산입니다. 극단적 예이긴 하지만 서울에서 동경으로 갈 때 A는 동경행 직항을 타고 두 시간 이내에 목적지에 도달했습니다. 그런데 B는 비행기를 탔지만 방향을 잘못 잡아 북경을 경유하고 유럽의 여러 도시를 헤매다가 뉴욕과 하와이를 거쳐 동경에 도착하였습니다. B는 분명 많은 시간과 비용을 낭비하였습니다.

하지만 글을 쓴다면 합리적이었던 A보다 방향을 잘못 잡아 실패와 좌절을 겪었던 B가 훨씬 쓸거리를 많이 가지고 있습니다. 가장 합리적인 코스로 화려하게 성공한 사람은 극히 적고 그들에게서는 글로 옮길 만한 감동거리가 거의 없습니다. 돌고 돌아서 결국 그 자리에 서 있는, 수많은 시행착오를 거친 사람들에게서 우리는 인생의 중요한 의미를 발견하게 되며 이는 곧 감동으로 연결됩니다. 내가 전자에 속하지 않았다면 나도 문학적으로 성공할 가능성이 크다 하겠습니다. 중요한 것은 내 속에 잠들어 있는 잠재능력을 인정하고 이제까지의 직간접의 체험을 조합하고 엮어내려는 열정입니다.

1) 무한 인드라넷

문학에서 과장은 탓할 바가 못 된다. 하지만 종교의 세계에서도 과장, 뻥은 문학 못지않다. 우리가 주목해야 할 것은 그 과장이 단순한 뻥이 아니라 우리 인간을 설득하기 쉬운 최선의 은유라는 점입니다.

불교에서는 33대천, 즉 온 우주를 인드라망이라는 거대 그물이 뒤덮고 있다고 합니다. 그 그물의 모든 매듭에는 유리구슬이 달려 있습니다. 그물코에서는 사바세계를 비추어 볼 수 있습니다. 어느 그물코에서든 사바세계를 비출 수 있는데, 그것은 하나의 그물코가 부분에 불과하지만 서로서로 의지하면서 부분이 전체이고, 또 전체는 부분을 담는, 즉 유기적 관계로서 존재하기 때문이라 합니다.

별개인 것처럼 보이는 서로 다른 두 개의 존재자도 기실은 무한히 연속된 부분과 부분, 부분과 전체로서 별개가 아니라는 것입니다. 즉 별개처럼 보이는 그 어떤 것도 연관성이 있습니다. 나와 미국 대통령 오바마의 인연도 여섯 단계를 거슬러 올라가면 접점을 만난다 하지 않던가. 인드라넷은 결국 세상에 존재하는 것들은 다 어떤 인연의 끈으로 연결되어 있다는 것입니다.

인드라넷이라는 신비의 세계를 글쓰기 동네에 맞추어 해석해 봅니다.

2) 부분으로 전체를 읽다

그물코는 인간이나 동식물 즉 생명체의 DNA 정보가 들어있는 세포와 같습니다. 세포 단위의 유전자를 통하여 우리는 그 생명체 전체의 모든 정보를 읽을 수 있습니다. 즉 하나의 세포가 성체에 대한 정보를 보여줍니다. 60여 년 전 한국전에서 전사한 사람의 머리칼이나 손톱으로 그가 어느 집안의 누구였는가를 알아내듯이 부분은 완벽하게 전체를 구성해냅니다. 또 한 개인의 손바닥이나 발바닥에서도 그의 신체 정보를 읽기도 합니다. 이처럼 생명공학에서의 유전자는 바로 인드라넷의 그물코와 같이 한 개인의 정보에서 호남인, 영남인, 한국인, 아시아계, 인류의 정보로 확장해 나갈 수 있습니다.

문학 또한 한 인간의 지극히 개별적 이야기를 다루지만 그 속성을 확장해 나가면 사람살이의 보편적 원리에서 벗어나지 않습니다. 따라서 나의 글을 읽고 다른 사람이 어떻게 생각할까에 발목이 잡힐 필요는 없습니다. 가장 인간적인 글은 나 자신에 충실한 데서 나옵니다.

3) 그물코는 기억의 입체교차로

인드라넷은 기억의 저장소 뇌에 비유해 볼 수 있습니다. 인드라넷 그물코가 개별적이지만 어느 것과도 연관성을 가지듯 우리의 기억은 연관되지 않은 듯하지만 다른 어떤 기억이 매개한다면 연결되지 않을 기억은 없습니다.

X축 그물코의 좌표를 a, b, c, d ······로, Y축의 그물코 좌표를 1, 2, 3, 4 ······로 간주했을 때 b2와 b3를 잇는 라인이 훼손되었을 때 좌표 b2와 좌표 b3는 연결될 수 없는 게 아닙니다. 인드라넷에서는 그물코가 모두 입체교차로이기 때문에 우회로가 무수히 많다는 점에 주목해야 합니다. 이때 그물코는 입체교차로이기 때문에 빛과

같은 속도로 우회로를 찾아 연결됩니다. 인터넷 역시 인드라넷의 '그물코가 입체교차'로라는 원리로 세계를 하나로 엮은 것입니다.

4) 기억의 재생과 의미의 구성

우리의 기억 세포 역시 인드라넷에서의 한 그물코이다. 기억 세포가 망가지거나, 제 기능을 발휘하지 못할 때 인드라넷의 원리에서 본다면 약간의 지체는 있을지언정 기억을 재생할 수 있습니다. 뿐만 아니라 기억과 기억 사이, 또는 무수히 많은 우회로에 있는 또 다른 기억을 연결함으로써 미처 생각하지 못했던 새로운 아이디어를 창출할 수도 있습니다.

번뜩이는 두뇌로 가장 합리적 길을 단박에 찾아가는 것보다 돌고 돌다 뜻하지 않은 횡재를 건질 수도 있는 것이 인드라넷의 구조입니다. 글쓰기 역시 이 원리와 무관하지 않습니다.

글을 쓰다보면 시작할 때의 생각보다 훨씬 훌륭한 결과를 얻게 되는 것은 관련 없는 기억 소자들이 합종연횡을 하여 더 큰 가치를 생산함으로써 시도했던 글보다 빛나게 됩니다.

5) 무한 인드라넷 자극하기

글은 머리로 쓰는 게 아니라 엉덩이로 쓴다는 말이 있습니다. 그렇다고 무턱대고 책상에 앉아 있다고 해서 좋은 생각을 끌어올 수는 없습니다. 마땅한 글감을 떠오르지 않을 때는 다음과 같이 좌표 설정을 해본다면 당신의 인드라넷은 콜라병을 흔들어 놓은 듯 번득이는 생각들을 불러올 것입니다.

시작	가장 좋아하거나 하고 싶은 일
ㅁ	
ㅂ	
ㅅ	
ㅎ	
ㄱ	

무심히 지나간 내 인생

비록 몸은 늙었으나

소녀같이 순수한 마음으로

행복한 소리꾼이 되고 싶어라

가자!! 내 인생아~~(하옥련)

글쓰기 교실에서 얻은 수확물입니다. 짧게 한 편 지어보라 했다면 망설이게 될 것입니다. 이처럼 좌표 설정을 하고나니 생각을 구체화하는 데 그만큼 쉬워졌습니다. 이 글을 본 옆 사람은 다음과 같은 댓글을 남겼습니다.

만고강산을
바람가르며
소리전하러
휘황찬란히
가시자구요 (박민수)

'ㄱ, ㄴ, ㄷ, ㅎ'의 좌표를 받고 이 좌표를 반복하여 3절까지 글을
짓기도 하였습니다.

그리도 서둘러 떠나시오면
남겨진 내 설움
당신도 아시련만
한없이 보고프오, 꿈에서라도

가슴속 옹이 된 당신 향한 그리움
노을 고운 날도
달 밝은 밤도
허허로운 이내 맘 채울 길 없어

가을길을 나선다
나그네 되어
두둥실 쪽배에 내 마음 싣고
훠이훠이 한 세월 덧없이 간다.
                                    ─ 염경희, 「사모가」

6) 작가는 소우주의 창조주

글쓰기는 무한 기억저장소인 인드라넷 가동 훈련입니다. 관계없어 보이지만 관련 없는 것은 없습니다. 글쓰기는 작가가 우주의 주인이 되어 관계가 없는 서로 다른 것에 연관성을 부여하여 '사람' '사물' '일'에 생명을 불어 넣어 이들 사이에 작열하는 눈빛을 읽어내는 작업입니다.

나의 무한 인더라넷, 두뇌의 성능을 의심할 필요는 없습니다. 뇌세포의 개수는 수십억에서 수조에 이른다고 합니다. 하지만 우리 인간이 사용하는 세포의 수는 20%에도 미치지 못합니다. 더구나 성능은 기억 세포의 수에 있는 것이 아니라, 조합회수에 달려 있습니다. 이때 각 기억 세포는 그 자체가 입체교차로로 존재하기에 인드라넷 성능의 주인은 오로지 자기 자신이라는 점입니다.

> 그러니까 그 나이였어…… 시가
> 나를 찾아왔어. 몰라, 그게 어디서 왔는지,
> 모르겠어, 겨울에서인지 강에서인지.
> 언제 어떻게 왔는지 모르겠어,
> 아냐, 그건 목소리가 아니었고, 말도
> 아니었으며, 침묵도 아니었어,
> 하여간 어떤 길거리에서 나를 부르더군,

밤의 가지에서,

갑자기 다른 것들로부터,

격렬한 불속에서 불렀어,

또는 혼자 돌아오는데,

그렇게, 얼굴 없이

그건 나를 건드리더군.

나는 뭐라고 해야 할지 몰랐어, 내 입은

이름들을 도무지

대지 못했고,

눈은 멀었어.

　　　　　　　　　　　－ 파블로 네루다, 「시」(정현종 옮김) 중에서

　무한 기억저장소, 인드라넷을 벌집 들쑤시 듯 기억세포들을 활발하게 조합하고, 나아가 사고와 상상을 게을리 하지 않는다면 당신에게도 시나 수필이 찾아 올 것입니다.

　말은 말의 꼬리를 물고 이어지니까요.

당신은 이미 작가

나를 찾아 떠나는 여행

수필 쓰기는 작가가 자신과 만나게 되는 여행입니다.

여행길은 익숙해지고 습관화된 일상으로부터 나를 일탈하게 합니다. 다른 사람들이 살아가는 모습 속에서 그들의 삶을 있는 그대로 이해하게 되고, 미처 발견하지 못했던 나 안의 새로운 나와 만나기도 합니다. 내가 찾은 새로운 것들 앞에서 나는 변화합니다. 새로워지는 나를 발견합니다. 이런 기쁨 때문에 나는 여행이라는 황홀한 중독에서 헤어날 수 없게 됩니다.

무엇을 찾아, 어디로 가서, 누구를 만났다 하더라도 여행을 통하여 내가 만나게 되는 것은 '또 다른 나'입니다. 그리고 내가 돌아가야 할 곳은 궁극적으로 집이며 나 자신입니다.

수필 쓰기 또한 내가 쓴 대상이 무엇이든, 궁극적으로는 '나'와 만나게 됩니다. '나'의 발견입니다.

수십 년 만에 만난 초등학교 동기생들끼리, "친구는 옛날 그대로 야!"라는 표현을 할 때가 있습니다. 머리에는 서리가 내려 반백을 넘겼건만 어떤 면을 보고 그대로라고 말하는 것일까요. 반면에 엊그제 같이 헤어졌다 만난 친구 사이라도, "어제의 네가 아니다. 친구는 변했어."라고 말하기도 합니다.

'김 아무개'씨라 이를 때 초등학교 때의 '김 아무개'와 중년 또는 노년인 현재의 '김 아무개'와 같다고 할 수 있을까요. 그리고 이 양자 사이에는 동일성을 담보할 어떤 고리가 존재할까요.

나 안에는 육신으로서의 나, 마음으로서의 나, 그리고 얼로서의 나가 존재합니다. 육신은 외관으로 드러나기 때문에 겉모습이 바뀔 수 있으며 다른 것으로의 대체가 가능합니다. 얼은 비가시적이라 그 모양을 바꿀 수 없으며 다른 것으로 대체할 수 없습니다. 마음 가는 곳에 몸 간다는 말이 있고 보면 마음은 몸과 얼의 중간쯤 영역에 자리한다 하겠지요. 이처럼 나 안에는 '몸-마음-얼'의 나가 서로 공조하거나 대립합니다. 이때 작가가 중히 여기는 부분이 몸인지, 마음인지, 얼인지를 작품에 수용하는 것입니다.

여행이 인간을 겸허하게 만들듯, 작가가 작품 속에서 만난 '나 안의 나'는 세상에서 아주 작은 존재입니다. 이를 깨달음으로써 자신을 치유하는 것은 물론 독자에게 동질감을 불러일으키며 한없는 위안을 줍니다.

달팽이를 보고 있으면 걱정이 앞선다. 험한 세상 어찌 살까싶어서이다. 개미의 억센 턱도 없고 벌의 무서운 독침도 없다. 그렇다고 메뚜기나 방아깨비처럼 힘센 다리를 가진 것도 아니다. 집이라도 한 칸 있으니 그나마 다행이다 싶지만, 찬찬히 뜯어보면 허술하기 이를 데 없다. 시늉만 해도 바스라질 것 같은 투명한 껍데기, 속까지 비치는 실핏줄이 소녀의 목처럼 애처롭다.

달팽이는 뼈도 없다. 뼈가 없으니 힘이 없고 힘이 없으니 아무에게도 위협이 되지 못한다. 하물며 무슨 고집이 있으며 무슨 주장 같은 것이 있으랴. 그대로 '무골호인'이다. 여리디 여린 살 대신에 굳게 쥔 주먹을 기대해 보지만 아무래도 무리인 것 같다.

그렇다고 감정마저 없다는 것은 아니다. 민감하기로는 미모사보다 더하다. 사소한 자극에도 몸을 움츠리고 이마를 스치는 바람에도 고개를 숙이다. 비겁해서가 아니다. 예민해서요 수줍어서이다. 동물이라기보다 식물에 가깝다.

누구를 찾고 있는 것일까?

달팽이는 늘 긴 목을 치켜들고 주위를 두리번거린다. 그러나 그의 이웃은 아무데도 없다. 소라, 고동, 우렁 그리고 다슬기 같은 것들이 있긴 하지만 그들은 이미 이웃이 아니다. 아득히 먼 물나라의 시민들이다.

모든 생물이 다 그러하듯 달팽이의 고향도 바다였던 때가 있었다. 그런데 먼 조상들 중 호기심이 많은 한 마리가 어느 날 처음 뭍으로 올라왔다가 그만 길을 잃고 말았다. 물달팽이가 육지 달팽이로 바뀌는 기구한 역사가 그렇게 해서 시작된 것이다.

잃어버린 고향에 대한 그리움 때문일까? 육지에 사는 달팽이의 목과 눈은 물달팽이의 그것보다 훨씬 가늘고 슬픔도 내림이라, 수 많은 세월이 흘렀는데도 조상들의 슬픔으로부터 그들은 자유로울 수가 없는 모양이다. 실향민의 후예, 달팽이는 늘 외로움을 탄다.

어디 좋은 친구 하나 없을까?

달팽이는 개구리에게 다가가 본다. 개구리도 습지를 좋아하는 벗이 되어 줄 법도 한 일이다. 하지만 그들은 너무 크고 너무 빠르다. 도무지 따라 잡을 수가 없다. 벌이나 개미는 어떨까? 부지런한 것은 더없이 좋은 일이지만 배타적인 것이 좀 마음에 걸린다. 제 동족이 아니면 자기들의 먹이로밖에 생각하지 않으니 말이다.

시인이 죽으면 나비가 된다는 말이 있다. 나비가 죽으면 무엇이 될까. 아니, 달팽이가 죽으면 무엇이 될까.

달팽이는 나비 곁으로 다가간다. 그냥 사귀기만이라도 했으면 싶다. 그러나 나비는 잠시도 한 곳에 머물러 주지 않는다. 설사 머문다 해도 걱정이다. 어떤 때는 환희에 넘쳐 춤을 추다가도 금세 침울해져서는 두 날개를 접은 채 마른 나뭇잎처럼 조용하다. 그 엄청난 감정의 기복을 감당할 자신이 없는 것이다.

아, 배추벌레하고 놀아야지.

달팽이는 그들 옆에서 잠시 외로움을 달래 본다. 외모는 좀 그렇지만 벌처럼 시끄럽지도 않고 나비처럼 팔랑대지도 않아서 좋다. 한데 한 가지 안된 것은 그들은 탐식가라는 사실이다. 옆에 가서 등을 대고 누워도 눈 한 번 거들떠보는 일이 없다.

"나는 먹는다, 고로 나는 존재한다."는 식이다. 달팽이는 풀이 죽어서 돌아온다.

달팽이는 날카로운 이빨도 없다. 그의 입은 먹기 위한 기관이라기보다 차라리 이목구비를 갖추기 위한 필요에서 생긴 것 같다. 살아 있는 것을 보면 뭐든 먹기는 먹는 모양인데 그런 순간을 거의 볼 수가 없다. 게다가 짝짓기를 하는 장면도 들키지 않으니 말이다. 귀여운 금욕주의자, 이 모든 쾌락보다 더 절실한 어떤 문제가 있다는 말일까.

달팽이는 언제나 긴 목을 치켜들고 길을 떠난다. 현실로부터 탈출할 수 있는 어떤 비밀의 문이라도 찾고 있는 것일까. 방황하는 영혼, 고독한 산책자.

그러나 달팽이는 감정을 드러내지는 않는다. 기쁨을 노래하지도 않고 슬픔을 울지도 않는다. 매미에게는 일곱 해 동안의 침묵과 극기를 보상하고도 남을 이레 동안의 찬란한 절정의 순간이 주어지지만 달팽이에게는 그런 눈부신 순간이 없다. 그렇다고 종달새 같은 황홀한 비상이 기회가 마련되어 있는 것도 아니다.

다만 가시며 그루터기며 사금파리 같은 현실, 맨살로 밀며 살아갈 수밖에 없는 그런 현실이 그 앞에 놓여 있을 뿐이다. 육체의 고통이 때로는 영혼의 해방을 가져온다고 믿는 어느 고행승과도 같은 그런 표정으로 그저 묵묵히 몸을 움직일 뿐이다.

오체투지의 말없는 순례. 지나간 자리마다 묻어나는 희고 끈끈한 자국들. 배설물일까. 낙서일까. 아니면 그들끼리만 통하는 상형문자일까. 끝내 판독되기를 거부하는 암호들.

여름도 다 끝나려는 어느 저녁 무렵이었다. 그 때 나는 달팽이의 이상한 몸짓을 보았다. 억새풀의 제일 높은 끝에 한 방울의 이슬처럼 위태롭게 맺혀 있었다. 목은 길게 솟아올랐고, 조그만 입은 약간 벌어졌으며, 꽃의 수술 같은 두 개의 긴 눈은 긴장되어 있었다. 마치 노래를 부르려는 순간의 어떤 가수처럼, 나뭇가지를 떠나려는 순간의 새의 자세처럼 보였다. 가늘고 긴 목에서 벌레소리 같은 어떤 슬픈 소리가 나올 것 같았다. 그러나 달팽이는 끝내 아무 소리도 내지르지 못했다. 투명한 달빛이 조그만 몸을 비추고 있었다.

밀폐된 유리벽의 저편에서 키가 작은 한 남자가 울고 있는 것을 나는 보고 있었다.

— 손광성, 「달팽이」

이 글을 읽는 독자 역시 '달팽이'와 다르지 않게 '오체투지의 순례'

처럼 삶 앞에 겸손한, 보잘것없는 한 인간임을 깨닫습니다. 이 글의 독자가 조폭 두목이라 할지라도 '그래 맞아!' 하며 탄성을 자아내게 하는 것은 나 안에 존재하는 또 다른 '나약한' 한 인간의 참모습이 이 글 속에 담겨 있기 때문입니다. 수필 쓰기는 그런 나의 참모습을 발견하는 데 있습니다.

담쟁이넝쿨이 담장을 타고 오른다. 가까이 다가가 손으로 떼본다. 이런, 건드리기만 하면 담장에서 툭 떨어질 줄 알았는데 그게 아니다, 온몸으로 붙어있다. 억지로 잡아당겨 보면 당겨오지 않으려고 애쓴다.

손을 뻗어 담장을 꼭 붙드는 것 같다. 살려주세요 하는 것 같다. 싫어요, 날 떼내지 말아주세요 소리치는 것 같다. 집착이라기보다는 간절함에 가깝다. 엄마에게서 떨어지지 않으려고 울먹이는 아기 같아, 떨어지면 죽는 줄 안다. 포기하지 않고 끝까지 기어오른다.

담장을 향한 담쟁이의 본능은 무엇일까. 담쟁이가 원하는 세상은?

저 담장이 담쟁이가 넘어야할 벽일까. 담장너머 세상을 모르는 담쟁이에게 저 너머 세상은 꿈이자 목표이자 신비의 세상일지 모른다. 담장 꼭대기에 올라서는 순간 이쪽 세상과 별반 다르지 않아 실망할지 모르지만, 그곳에 가보지 못한 담쟁이에게는 꼭 밟아 보고 싶은 세상일 게다.

'저 벽 너머 세상이야말로 내가 꿈꾸던 세상일 거야.' 담쟁이의 다짐이 들리는 듯하다.

— 임수진, 「담쟁이의 꿈」

내가 만나는 나 안의 나는 다루기 힘들고 평소에는 제 모습을 잘 드러내지 않는 아주 연약한 영혼일 것입니다. 아주 지혜롭고 세상을 다 가진 완벽한 인간의 모습도 아닙니다. 임수진의 '담쟁이'처럼 어쩜 부질없는 일에 혼을 바치는 아주 가련한 중생일지도 모릅니다.

보통사람들이 두려워하는 방랑이 여행자에게는 즐거움이요, 모험에 대한 끝없는 유혹으로 다가옵니다. 진정한 나그네는 어디로 갈 것인가는 물론 어디서 왔는지조차 모른다고 합니다. 여행은 여행 그 자체이지 환영받을 일도, 호기심의 대상도 아닙니다.

자유인! 작가라면 누구나 오랫동안 선망하고 꿈꿔왔습니다. 일상적 업무나 가족이 당신의 발목을 잡는 것은 아닙니다. 망설이는 것은 바로 당신 때문입니다. 여행의 진수는 완전한 자유에 있습니다. 떠나고 싶을 때 언제든 떠나야 합니다. 동지를 기다리지 마십시오. 혼자서라도, 오늘 당장 떠나십시오.

글쓰기, 쓰고 싶은 생각이 들 때 바로 펜을 드십시오. 이 글이 몰고

올 파장에 대해서는 나중에 생각하십시오. 머릿속에 아무리 꽁꽁 가두어도 그 생각은 곧 휘발되어버립니다.

나그네에게 여행은 어느 곳에 도착하기 위한 것이 아니라 여행하기 위한 그 자체입니다. 수필가가 귀히 여길 일은 나 안의 나를 만나기 위한 그 과정으로서의 글쓰기입니다. 글로 옮겨진 것만이 영구히 살아남습니다. 그래서 여행은 떠나고 보아야하듯, 작가는 우선 쓰고 보아야합니다. 삶의 무게에서 잠시 해방되는 자유, 그것이면 충분한 보상이 아닐까요.

나는 쓴다, 고로 존재한다

1. 우리는 어떤 존재인가?

크루즈 여행 중 거센 풍랑을 만나 배는 침몰해버렸고 관광객 중 두 사람만이 살아남아 천신만고 끝에 무인도에 표류했다. 삼십대 중반의 절세미인 오드리 햅번과 가난하지만 성실한 미장이 총각이었다. 그들은 힘을 합쳐 무인도생활을 헤쳐나가야 했다. 그러는 가운데 두 사람 사이에는 연정이 싹텄고 마침내 잠자리를 함께하게 되었다.

오드리 햅번은 그 청년에게 잠자리가 만족스러웠는지 조심스럽게 물었다. 청년은 매우 만족스러웠노라고 답하고서는 한 가지 부탁을 한다. 그와 절친했던 친구 토마스처럼 콧수염을 그리고, 바지를 입어 달라고 했다. 청년은 동성애자가 아니라면서 깜짝 놀라는 오드리 햅번을 설득하였다. 이튿날 햅번이 남장을 하자, 그 청년은 햅번에게 귓속말로 속삭였다.

"친구야, 나 햅번 먹었어!"

인간은 자신의 삶을 표현하지 않고서는 살아갈 수 없다고 말한 카시러 Cassirer의 말을 떠올리게 된다. 예화 속의 청년은 왜 토마스로 남장시킨 햅번에게 그 말을 꼭 해주고 싶었을까. 아마 그 말을 발설하지 못하고 가슴에 묻어야 한다면 그 청년은 제명을 다 살 수 없을지도 모른다.

인간은 소통을 통하여 나눔을 실천하려는 존재이다. 표현한다는 것은 곧 타자와의 나눔이다. 사랑하는 이와, 마음 맞는 이와 자신의 체험, 생각을 나누고 싶어 한다. 이때 타자는 주체인 나와 상대적인 남이 되겠지만 때로는 나 안의 또 다른 나일 수도 있다.

나눔은 말하기, 쓰기, 독백, 묵상 등의 방법으로 이루어진다.

2. 살아있음을 무엇으로 보여줄 것인가?

선천적으로 몸이 허약했던 데카르트는 자신에 대한 보호본능으로 아무도 없는 곳에서 자신과 대면하는 시간을 많이 가지지 않을 수 없었다. 그는 회의에 회의를 거듭하여 '나'라는 것만이 자명하며 불

변한 것이라 깨닫게 된다. 당시 인간의 생활은 모두 절대적인 신에의 봉사 바로 그것이다. 그럼에도 불구하고 그는 '생각하는 나'를 발견해냄으로써 마침내 "나는 생각한다. 고로 존재한다.(Cogito ergo sum. / Je pense, donc je suis)"는 명언을 남길 수 있었다.

　데카르트가 사유하고, 회의하고, 생각하는 데서 삶의 의미를 찾았다면, 우리는 살아있음의 증거를 무엇으로 보여줄 수 있을까. 사람에 따라 경우에 따라 다를 것이다. 그리고 그 살아있음을 일상에서는 느끼지 못하고 있었지만 어느 순간 내가 살아있음을 증거하고 싶을 때가 불쑥 나타나기도 할 것이다.

나는　소비한다,　계절마다 해외여행을 한다,
　　　　표현한다,　매주 음악회에 간다,
　　　　춤춘다,　골프를 친다,
　　　　읽는다,　주말이면 외식을 한다,
　　　　노래한다,　선텐을 한다,
　　　　조각한다,　매주 마시지를 받는다,
　　　　그린다,　정기적으로 보톡스를 맞는다,
　　　　저축한다,　그를 만난다,
　　　　배운다,　양주를 마신다,　　　　고로 존재한다.

일상에서 살아있음을 증거하는 일들을 들어보면 이 세상에서 진실로 내가 하고 싶지만 하지 못하고 있는 일들이다. 대개의 주부들은 수입의 많고 적음을 떠나 알뜰살뜰 가계를 꾸려나간다. 그런데 어느 날 남편이 헛돈을 마구 쓰고 다니는 것을 안다면 그 부인은 '살아있음'의 본때를 어떻게 보여줄 수 있을까. 가족과 가정을 위해 희생하고 참아왔던 일을 후회하며 이제까지 자제해왔던 일을 마음껏 저지르는 것(?)일지도 모른다.

한국사회에서 가문을 일으키고 지켜나가는 것을 들여다보면 그 주체가 여성임에 놀라지 않을 수 없다. 성(姓)을 지키고 대물림하는 쪽이야 남성이라 하겠지만, 위계와 전통을 세우고 지켜나가는 쪽은 여성이다. 다시 말하면 여성들의 희생 위에서 가문이라는 대물림이 가능한 것이다.

한 가문의 주부가 앞에 거론한 하고 싶은 수많은 일들을 제물로 하여 기도로 이루어 나가는 것이 가문이라 해도 지나친 말은 아니다. 그리고 가족의 앞날을 위해, 가문의 중흥을 위해 우리가 희생하지 않을 수 없는 이 모든 것을 아우르면서 살아있음을 증거할 방법은 없을까. 아마도 '나는 쓴다, 고로 존재한다.'가 될 것이다.

3. 고통스럽지만 숙명적으로 써야 하는 존재

베르더 Lutz von Werder의 말을 빌리자면 자아표현의 욕구야말로 살아있는 인간의 참을 수 없는 본능이다. 물론 글 속에서 자신의 생활이나 생각을 노출시켜야 하는 고통을 감내해야 한다.

몇 년 전인가 십대들이 즐겨 부르던 유행가 중에 '머피의 법칙'이라는 노래가 있었다. 확실히 기억은 안 나지만 가사가 대충 이랬다.

"화장실이 있으면 휴지가 없고, 휴지가 있으면 화장실이 없고, 미팅에 가도 하필이면 제일 맘에 안 드는 애랑 파트너가 되고, 한 달에 한 번 목욕탕에 가도 하필이면 그날이 정기 휴일이고" 등등 "무슨 일이든 어차피 잘못되게 마련이다" 라는 '머피의 법칙'을 코믹하게 묘사하고 있다.

이 노래에 나오는 '하필이면'이란 말은 분명히 '왜 나만?' 이라는 의문을 전제로 한다. 그러니까 남의 인생은 별로 큰 노력 없어도 모든 일이 잘 되어 나갈 뿐더러 가끔은 호박이 넝쿨째 굴러 오는 것 같은데, 왜 '하필이면' 내 인생만은 아무리 기를 쓰고 노력해도 걸핏하면 일이 꼬이고, 그래서 공짜 호박은커녕 내 몫도 제대로 못 챙겨 먹기 일쑤냐는 것이다.

그런데 억울하기 짝이 없는 것은 그게 내 탓이 아니라는 거다. 순전히 운명적인 불공평으로 인해 다른 이들은 벤츠 타고 탄탄 대로를 가는데, 나는 펑크난 딸딸이 고물차를 타고 비포장 도로를 가고 있는 것이다.

아닌 게 아니라 하루하루 살아가면서 나도 '머피의 법칙'을 생각할 때가 많다. 한 예로 내 열쇠고리에는 겉으로는 구별이 안 되는 열쇠가 두 개 달려 있는데, 하나는 연구실, 또 하나는 과 사무실 열쇠이다. 열쇠에 유성 펜으로 방 번호를 표시해 놓으면 그만이지만, 그러기도 귀찮고 또 그냥 재미도 있고 해서 내 방에 들어갈 때마다 둘 중 아무거나 꽂아 본다.

　그런데 참으로 이상한 것이, 수학적으로 따져 볼 때 확률은 분명히 반반인데, '하필이면' 연구실 열쇠가 아니라 거의 과 사무실 열쇠가 먼저 손에 잡혀 두 번씩 열쇠를 돌려야 하는 일이 열이면 아홉이다.

　그뿐인가, '하필이면' 큰 맘 먹고 세차한 날은 갑자기 맑은 하늘에서 비가 오고, 무엇을 사기 위해서 줄을 서면 바로 내 앞에서 매진되고, 더욱이 얼마 전에는 길거리를 걸어가다가 내 어깨에 새똥이 떨어지는 일도 있었다. 나는 망연자실, 한동안 서서 나의 '하필이면'의 운명에 경악했다. 1천만 서울 인구 중에 새똥 맞아 본 사람은 아마 손가락으로 꼽을 정도일 텐데 '하필이면' 그게 나라니!

　물론 이보다 더 중요하고 근본적인 '하필이면'도 있다. 남들은 멀쩡히 잘도 걸어 다니는데 왜 하필이면 나만 목발에 의지해야 하고, 어떤 사람은 펜만 잡으면 멋진 글이 술술 잘도 나오는데 왜 하필이면 나만 이 짤막한 글 하나 쓰면서도 머리를 벽에 박아야 하는가.

그렇다고 다른 재주가 있느냐 하면 노래, 그림, 손재주 그 어느 것 하나 내세울 게 없다. 하느님은 누구에게나 나름대로의 재능을 골고루 나눠주신다지만, 아무리 생각해도 '하필이면' 나만 깜빡하신 듯하다.

언젠가 치과에서 본 여성지에는 모 배우가 화장품 광고 출연료로 3억 원을 받았다는 기사가 실려 있었다. 3억이면 내가 목이 쉬어라 가르치고 밤 새워 페이퍼 읽으며 10년쯤 일해야 버는 액수인데, 여배우는 그 돈을 하루만에 벌었다는 것이다.

그건 재능이나 노력과는 상관없이 오로지 타고난 생김새 때문인데, 그렇게 나의 의지와 상관없이 일어난 일 때문에 불이익을 받는다는 건 아무리 생각해도 불공평한 일이다.

나는 내가 잘빠진 육체는 가지지 못했어도 그런 대로 아름다운 영혼을 가졌다고 생각하지만, 아마 내 아름다운 영혼에는 3억원은커녕 3백원도 주는 사람이 없을 것이다. 그러니 어차피 둘 다 못 가지고 태어날 바에야 아름다운 몸뚱이를 갖고 태어날 일이지 왜 '하필이면' 3백원도 못받는 아름다운 영혼을 갖고 태어났는가 말이다.

그래서 '하필이면' 이라는 말은 내게 한심하고 슬픈 말이다.

그런데 어제 저녁 초등학교 2학년 짜리 조카 아름이가 내게 던진 '하필이면'은 전혀 그렇지가 않았다. 길거리에서 귀여운 팬더 곰 인형을 하나 사서 아름이에게 갖다 주자 아름이는 눈을 동그랗게

뜨고 환한 미소를 지으며, "그런데 이모, 이걸 왜 하필이면 내게 주는데?" 하는 것이었다. 다른 형제나 사촌들도 많고, 암만 생각해도 특별히 자기가 받을 자격도 없는 듯한데, 뜻밖의 선물을 받았다는 아름이 나름대로의 고마움의 표시였다.

외국에서 살다 와 우리말이 아직 서투른 아름이가 '하필이면'이라는 말을 부적합하게 쓴 예였지만, 아름이처럼 '하필이면'을 좋은 상황에 갖다 붙이자 나의 '하필이면' 운명도 갑자기 찬란한 빛을 발하기 시작한다는 걸 깨달았다. 내가 누리는 많은 행복이 참으로 가당찮고 놀라운 것으로 변하는 것이었다.

도대체 내가 전생에 무슨 좋은 일을 했기에, 하고 많은 사람들 중에 '하필이면' 내가 훌륭한 부모님 밑에 태어나 좋은 형제들과 인연 맺고 이 아름다운 세상을 살고 있는가. 아무리 노력해도 헐벗고 굶주리는 사람들이 그토록 많은데 왜 '하필이면' 내가 무슨 권리로 먹을 것 입을 것 걱정 없이 편하게 살고 있는가.

또 나보다 머리 좋고 공부 열심히 하는 사람들이 얼마나 많은데 왜 '하필이면' 내가 똑똑한 학생들을 가르치고 있는가.

게다가 실수 투성이 안하무인인데다가 남을 위해 하는 일이라곤 하나도 없는 나, 장영희를 '하필이면' 왜 많은 사람들이 도와주고 사랑해 주는가 (우리 어머니 말씀으로는 양순하고 웃기 좋아하는 나의 성격 때문이라는데, 그렇다면 잘빠진 육체보다 아름다운 영혼을 타고난 것이 얼마나 다행한 일인가).

> '하필이면'의 이중적 의미를 생각하니 내가 지고 가는 인생의 짐이 남의 짐보다 무겁다고 아우성쳤던 좁은 소견이 새삼 부끄럽다.
>
> 창문을 여니, 우리 학생들이랑 일산 호수공원에 놀러 가기로 한 오늘, '하필이면' 날씨가 유난히 청명하고 따뜻하다.
>
> — 장영희, 「하필이면」

작가는 누구에게 보여주고자 이런 글을 썼을까. 작가는 자아와 상대적인 타자(他者)라 할 수 있는 불특정 다수의 독자를 염두에 두고 쓰는 경우가 대부분이다. 맥락에 따라서는 나 아닌 다른 존재는 물론, 나 안에 있는 또다른 나 자신에게 쓰기도 한다. 여행자들이 최종적으로 돌아가야 할 곳이 집이듯이, 대부분의 수필 작품에서 작가는 글 속에서 자신을 만나게 되어 있다. 이 글에서도 장애를 딛고 이 세상을 힘겹게 살아가야 하는 작가의 '하필이면'이란 숙명은 자신을 향한 속삭임이거나 외침이다.

누구나 자신의 삶은 기도와 크게 다르지 않을 것이다. 글 또한 기도나 마찬가지라 해도 좋다.

좋은 글쓰기의 요체는 치열한 삶에서 나온다. 삶이 구슬이라면 글쓰기는 그 구슬을 꿰는 일이다. 고통스럽지만 글쓰기는 데카르트의 '생각하는 나'에 버금가는 '되고 싶은 나'로 다가가는 실천의지이자 자기 변화의 시도이기도 하다.

입문자를 위한 글쓰기 12계명

어떤 억만장자의 이야기이다.

꿈속에서 그는 성공의 비결을 파는 가게가 어느 산속에 있다는 소문을 들었다. 더 큰 성공을 간절히 원했던 그는 그 비결을 사려고 길을 나섰다. 천신만고 끝에 가게를 찾아냈다. 두근대는 가슴을 간신히 진정하고 가게 안으로 들어섰더니 주인이 반갑게 그를 맞았다.

"우리는 여러 가지 크고 작은 성공의 비결들을 준비하고 있습니다. 어떤 성공을 원하세요?"

"저는 세상 사람들이 깜짝 놀랄 만큼 크게 성공하고 싶습니다. 이 가게에서 가지고 있는 가장 큰 성공의 비결을 주십시오."

"예, 선생께서는 가장 큰 성공의 비결을 찾으시는군요. 그것은 값이 하도 비싸서 그 동안 사간 사람이 아무도 없습니다."

"도대체 얼마나 비쌉니까. 돈이라면 걱정 마시고 어서 그 비결이

나 가져오십시오."

주인은 어이없다는 듯 가장 큰 성공의 비결이 담긴 상자를 꺼내왔다. 그리고는 상자를 포장하고 있던 보자기를 풀어 내린 순간, 상자 위에 적힌 가격표가 그의 눈에 들어왔다.

가격 :

자신의 남은 생애에서 '편안한 생활'은 모두 포기할 것.

글쓰기 강좌를 하면서 느끼는 바이지만, 글쓰기는 삶과 참으로 많이 가깝다는 생각이 듭니다.

글쓰기는 의미를 좇는 일입니다. 쓰지 않으면 오늘 하루야 편하겠지만 뒤돌아보면 무의미한 날이 될 것입니다. 글을 써야겠다는 것은 '편안한 생활'을 포기해야 하는 것인지도 모릅니다. 무언가 일을 도모하려면 꼭 발목을 잡는 일이 생겨나는 것이 인생사입니다. 만약 당신이 지금부터 편안하게 살겠다고 생각한다면 글쓰기를 포기해야 합니다. 또 발목 잡는 일보다 글쓰기를 후순위로 미룬다면 이 또한 글쓰기를 포기하는 일이겠지요.

어떤 비결이나 방법을 배워서 글을 쓴다고 여기고 있는 사람들이 많습니다. 그래서 사람들은 이곳저곳의 글쓰기 교실을 기웃거리는지도 모릅니다. 그러나 내가 알기로는 배워서 쓰는 글은 이내 한계에 이르고 맙니다. 중요한 것은 치열한 삶이 내 속에 있는 또 하나의 나, 순수와 만나는 일입니다. 그때 머리나 가슴으로 느끼게 되는 충격의 정도가 글의 성패를 좌우한다 해도 지나친 말은 아닐 것입니다.

우리가 글쓰기를 공부하는 동아리에서 회원으로 활동하는 것도 이러한 충격을 느낀 이들로부터 신선한 자극을 함께 공유할 수 있지 않을까 하는 기대, 그리고 실제로 그런 동아리 활동을 통하여 창작에의 자극을 무수히 나눌 수 있기 때문입니다.

그 충격은 깨달음에서 옵니다. 깨달음이 있을 때 글로 써내어야겠다고 유혹을 받는 것입니다. 밤을 꼴깍 새우는 황홀한 고통도 마다하지 않습니다.

그런 유혹을 느끼지 못한다면 가슴이 아닌 머리로 글을 만들어내야 합니다. 이런 경우 한 편의 글을 탈고했다 하더라도 마음이 개운치 않습니다.

여기에서 다루고자 하는 글쓰기에 입문하시는 분들을 위한 글쓰기 12계명은 삶의 계명으로 바꾸어도 그다지 틀리지 않습니다. 삶, 12계명으로 바꾸어 생각해 본다면 한결 편하게 글쓰기에 입문하게 될 것입니다.

1. 즐겁고 유쾌하게 씁니다.

자신의 삶을 반성하는 것, 깨달음에서부터 글쓰기는 시작합니다. 곧잘 낙서도 하고, 글감을 발견했다고 내심 쾌재를 부르면서도 컴퓨터 앞에만 앉으면 답답하고 불안해지는 이유는 무엇일까요. 깨달음이나 발견의 희열도 크지만 글로의 창작과정에서는 고통이 수반되기 때문입니다. 그뿐이겠습니까. 글은 다시 삶의 증인으로서 자기 자신을 지켜볼 것입니다. 그래서 글쓰기는 창작과정에서의 은근한 고통이 따릅니다. 탈고 후의 홀가분함은 잠시뿐이고, 앞으로 언행의 괴리에 따른 심적 불편이 수반될 수도 있습니다.

글쓰기 자체가 어렵게 느껴질 수밖에 없는 것은 남에게 보여진다는 점을 전제하기 때문입니다. 남의 글과 비교되는 것 또한 당연한 일이고요. 삶이 그저 삶일 뿐이듯, 글 또한 글일 뿐이라 여기십시오. 남에게 보여지고, 남의 삶과 비교된다고 해서 나의 삶을 어쩌지 못하듯 글 또한 어쩔 수 없다는 것입니다.

즐겁고 유쾌하게 하루하루를 살아가듯 나날이 유쾌하게 즐겁게 쓰십시오.

2. 멋지게, 재미있게 쓰려고 꾸미지 않습니다.

겪은 일을 있는 그대로 쓰면 됩니다. 독자는 가공된 이야기보다 담백한, 있는 그대로의 이야기에 공감을 하게 됩니다. 자신을 솔직하게 드러내십시오. 당신이 느끼고 표현하는 일 그 자체로서 세상은 새롭게 보입니다.

① 이 세상 모든 사람이 나를 좋아해 줄 필요가 없다는 사실과 ② 가족이나 남을 위해서 내가 하고 있다고 생각하는 일들도 대부분은 나를 위해 하는 일이었다는 사실 ③ 내가 생각하는 만큼 세상사람들은 나에 대해 그렇게 큰 관심이 없다는 사실을 깨닫는다면 구태여 나를 미화할 필요는 없겠지요.

딸아이는 화장실에 앉아 가끔 아빠에게 생리대를 부탁한다. 발그레한 꽃잎 두어 장을 궁둥이에 붙이고 집안을 활보할 때도 있다. 귀띔해 주면 이부자리에도 몇 장 뿌려 놓았다며 되레 농을 한다. 남편이 볼까 봐 내가 질겁을 하면,

"아빠가 먼저 발견해 말해 주셨어."

라며 눈을 찡긋한다. 때로는 엄마인 나에게 잔소리 들을까 봐 남편이 딸아이에게 얼른 바꿔 입으라고 말하면 별로 놀라지도 않고 "아빠도 한번 해 보실래요. 얼마나 귀찮은지 몰라요." 한다.

분명 장미의 귀여운 반란이다. 몸을 숨기며 언제나 어두운 곳에서만 서늘하게 피웠던 꽃이 촉수를 뻗으며 당당하게 자기를 드러내게 될 줄이야. 잘못이라도 저지른 양 무조건 고개를 숙였던 우리 세대를 생각하면 나는 신세대의 발랄함에 대리만족마저 느낀다. 평소 몸가짐을 조심해야겠지만, 그렇다고 극도의 수치스러움으로 움츠릴 것까지는 없지 않겠는가. 딸아이들의 모습을 보며 생

각해 본다. 반란의 끝이 어디까지일까. 부모로서 어느 선까지 받아들이고 또 어느 선까지 간섭을 해야 할지, 그러려면 나는 얼마나 바뀌어야 하는 것인지.

세대차이의 간격을 재어보며 내가 고민하고 있는 이 시간에도 장미의 반란은 계속 진행 중일 것이다.

－ 김귀선, 「장미들의 반란」 중에서

3. 뒤집어서 또는 낯설게 세상을 봅니다.

자동차 왕이라 할 수 있는 핸리 포드는 "내게 성공의 비결이 있다면 그것은 다른 사람의 입장을 이해하고 세상을 다른 시각으로 바라본 것이다."고 했습니다. 세상은 관점에 따라 얼마든지 달리 보입니다. 가위에는 자르고 나누는 기능만 있는 게 아니라 상호 협력의 모델도 함께 가지고 있습니다.

부부는 서로가 서로에게 가위 이빨이 되어야 한다고 강조하고 있다. 비록 무딘 날이지만 두 개가 위아래에서 힘을 합치면 세상에 안 될 일이 없단다. 신처경(新妻經)이란 글을 친구가 보내왔다. 그 중 하나도 부부간 조화였다. 가위는 두 날 사이에 틈이 생기면 아무 쓸모없단다. 가위는 이제 이별의 연상(聯想)이 아니라 협력하

코체비츠는 그의 시 「울므로 가는 여정」에서 '이제 나는 울므에 있다/나는 무엇을 해야 하나?'로 맺고 있습니다. 울므에 당도하는 것이 여행의 끝은 아닙니다. 세상을 뒤집어 보고, 질문을 던지면서 그에 대해 답할 수 있을 때까지 끊임없이 우리를 괴롭히는 질문을 또 던져야 합니다. 따라서 작가는 익숙한 것으로부터 결별해야 합니다.

글쓰기가 먹고 사는 일과는 아무런 관련이 없습니다. 하지만 글을 쓰지 않고서는 이 세상에 외톨이가 된 듯 허전함을 감출 수 없습니다. 글쓰기는 바로 삶을 살아가면서, 머리로 가슴으로 느끼게 되는 충격이라 할 수 있습니다. 그래서 좋은 글은 찾아 나선다고 해서 얻어지는 것이 아닙니다. 기다려야 합니다. 이 세상을 향해 절규하는, 쿵쾅거리는 심장의 소리에 귀를 기울여야 하는 이유가 여기에 있습니다.

4. 사소한 일상이라도 흘리지 않고, 현실을 점검합니다.

양계장 김씨는 최근 시장에서 사료 값이 계속 오르고 있다는 사실을 주목했습니다. 앞으로 출하하게 될 계란 값은 오를까요, 내릴까요? 생산원가가 많이 들어갔으니 의당 그 차액은 계란 값에 반영되어 값이 올라가리란 생각은 지극히 정상적인 상식의 결과입니다. 그러나 값은 내려갑니다. 사료 값의 상승은 닭의 숫자가 증가하였음을 뜻하고, 닭의 숫자가 증가하면 출하되는 계란의 양이 증가하니 계란 값은 떨어질 수밖에 없지요.

보통사람들이 세상을 읽는 데는 이해관계와 자신의 편의 중심으로 세상을 읽습니다. 그러다보니 보고 싶은 대로 보고, 듣고 싶은 것만 듣기 쉽지요. 하지만 작가는 본질이 어디에 있는가, 개인의 이익보다는 소수나 약자일지라도 이 세상에 존재하는 것들의 편에서 진실의 소리에 귀를 기울입니다. 그래서 작가는 현실에 대한 가장 정확한 진단자이기에 미래에 대한 대안 역시 가장 잘 제시할 수 있습니다. 따라서 작가는 보통사람들이 대수롭지 않게 흘려보내는 것들을 가볍게 보지 않고 '왜?'라는 렌즈를 갖다 대야 합니다.

글쓰기는 지식보다는 지혜를, 진리보다는 진실을 추구한다는 점에서 삶과 많이 닮아 있습니다. 삶이 생활의 무대에서 이루어지는 온갖 사소한 일상과 시행착오의 연속이라면 수필 쓰기는 이 같은 일들의 이삭줍기와 같다 할 것입니다.

독자가 주목할 수 있는 개별성 혹은 개체성을 발견하였다면, 의도하는 바를 설득시키기 위해서는 어느 경우에 일반화하더라도 무리가 없을 정도로 보편성을 확보하여야 하겠지요.

글쓰기는 생각의 질서, 가치의 질서를 규정하는 일입니다.

A=B라는 가설을 끊임없이 전개해보는 습관을 가지는 것 또한 작가의 태도입니다.

5. 반론을 의식합니다.

독자의 눈을 번쩍 뜨이게 할 정도로 자신만의 고유한 시선으로 남다르게 체험하고 해석하였더라도, 보편성을 어떻게 확보해 낼 것인가 하는 주제의식으로 세상을 읽어야 현상 뒤에 가리워진 비가시적인 본질을 읽어낼 수 있을 뿐만 아니라 현상에 대한 대안도 찾을 수 있습니다.

최근의 '청소년 성범죄 증가'라는 현상 뒤에 도사린 본질이 무엇인가를 읽어낸다면 대안은 절로 나타나겠지요. 누군가가 '성매매 금지법'이나 고인이 된 '노무현 전 대통령'이 청소년 성범죄 증가에 일조하였다고 하면 분명 돌을 맞을 일일지도 모릅니다. 눈이 번쩍 뜨이는 진술이지만 이는 화자가 말하고자 하는 진정한 의도는 아닐 것입니다.

여성들의 과다노출, 선정적인 스크린 그리고 영양 면에서 잘 발육된 청소년들의 넘쳐나는 성 에너지가 주된 원인이라는 점에는 누구나 동의할 것입니다. 하지만 여기에는 본질을 좇는 대안이 없습니다.

수요가 없으면 공급도 없다는 단순함, 인권의 사각지대에 놓인 사람들을 하루빨리 해방시키겠다는 순수함과 열정에서 이 법이 만들어지고 보니, 사람이 가지는 제1단계의 생리적 욕구를 어떻게 발산시켜줄 것인가는 미처 생각해내지 않은 결과입니다. 즉 주체할 수 없는 건강한 남성의 성 에너지를 다른 방향으로 돌려서 발산할 수 있는 스포츠·예능 방면의 시설이나 시스템이 전혀 준비가 되어 있지 않았다고 볼 수도 있다는 것이지요.

6. 모방과 변형 또한 창작을 위한 하나의 방법입니다.

'콜럼버스의 달걀'은 발상의 전환을 이야기할 때 많이 인용됩니다. 그러나 김민웅은 「콜럼버스여, 달걀 값 물어내라」에서, 오히려 달걀이 가지는 타원형이야말로 생명을 지키는 원초적 방어선이라고 보았으며, 콜럼버스의 달걀 세우기를 발상의 전환이 아니라 서구의 제국주의적 팽창 정책을 뒷받침하는 사고의 원형이 된다고 비판합니다. 이처럼 우리 앞에 놓인 대상에 애정의 눈길을 보낼 때 의미를 새롭게 재구성해낼 수 있습니다. 이 또한 창작의 한 방법이 될 수 있다는 것입니다.

7. 만나는 대상을 통해 깊은 애정의 눈으로
나 자신을 바라봅니다.

창은 바깥세상을 읽는 통로입니다.

하지만 작가는 대상이 존재하는 창 밖을 보면서도 창 안에 존재하고 있는 자기자신을 읽습니다. 내가 '나'를 온전히 읽고, 알고 있다고 생각하세요? 나를 가장 잘 아는 사람이 나일까요?

내 속에는 '나도 남도 알고 있는 나' '나만 아는 나' '남만 아는 나' '나도 남도 모르는 나' 등 4가지 유형의 '나'가 존재합니다. 즉 정작 나는 모르지만 '남이 알고 있는 나'나 '나도 남도 모르는 나'가 '내가 알고 있는 나'보다 훨씬 큰 부분을 차지하고 있다는 것입니다.

따라서 내가 몰랐던 '나'는 내가 조우하게 되는 대상을 통하여 '나'를 읽을 수밖에 없습니다. 우리가 여행을 떠나는 것은 결국 집으로 돌아오기 위한 것이듯, 글쓰기에서 대상과 만나는 것은 궁극적으로 자기 자신을 만나기 위한 일이기도 하지요.

비 내리는 날, 창밖의 대상을 내다보고 있으면 나의 안쪽 깊은 곳에 있는 나를 만날 수도 있는 게 아닐까요. 하심으로 내려설 때 '나'가 제대로 보일 것입니다.

8. 말 속에 갇히지 말고, 새로운 언어로 표현합니다.

(1) 사월의 막바지에 눈이 내렸다.

연둣빛 이파리를 온통 하얗게 덮었다. 밥이다. 큰 가마솥에서 금방 퍼 담은 포슬포슬한 흰 쌀밥이 주렁주렁 열렸다. 밥 나무, 가로수만 쳐다보아도 풍성하다. 그래서 이맘때 고향 가는 길은 먹지 않아도 늘 배가 불렀다.(천윤자, 「이팝꽃」)

(2) 주렁주렁 익어가는 고추는 여름방학을 다 잡아먹고도 모자랐다. 땡볕에 밭고랑에 엎드려 고추랑 씨름을 해도 빙수는 물론 얼음 띄운 물도 없었다. 성질 급한 동생은 참을성이 모자랐다. 영개골 밭과 밭 사이에 작은 연못으로 뛰어들었다. 풍덩! 젖은 옷으로 잠시 그 놈을 쫓긴 했지만 밭고랑으로 돌아오면 몸보다 먼저 와서 엉겨 붙어 콩죽 같은 땀을 흐르게 했다.(조경희, 「그놈」)

(3) 주냉방장치 없이 칠팔월 준령을 넘으려니 겁부터 덜컥 난다. 퇴근 차량에서 내리기 싫은 습도 높은 밤. 밤새도록 세면장에 들락날락거려야하는 그놈의 여름밤. 가는 모깃소리는 귀에 거슬리고, 온돌 같은 대자리가 등을 데우는 불면의 여름밤이 싫다. 흐이구! 정말 싫다 싫어.(이원길, 「여름밤」)

9. 단락은 생각의 마디입니다.

말하고자 하는 줄거리의 내용별로 단락을 짓고 단락 간에는 서술하고자 하는 때와 장소, 논리관계 그리고 인과관계에 따라 긴밀성을 유지할 수 있어야 합니다.

10. 푸짐하게 쓰되, 헤프게 떠벌리지는 마십시오.

말의 속성은 'now, here'의 현장이지만 글은 시간과 공간이 뒤틀린 'then, there'가 됩니다. 따라서 작가는 눈 감고도 훤한 장면이 자상한 묘사가 없다면 독자에게는 암흑천지처럼 연결이 되지 않을 수도 있습니다.

따라서 독자의 이해를 돕기 위한 말을 아껴서는 안 됩니다. 그렇다고 상관도 없는 말을 지나치게 많이 늘어 놓아 독자를 지루하게 만들어서도 아니 됩니다. 있어도 좋고 없어도 좋거나, 적절한 표현이 떠오르지 않을 때는 차라리 빼십시오.

11. 교훈을 주려고 굳이 애쓸 필요는 없습니다.

"사물의 미세한 특징까지 놓치지 않는 현미경 같은 눈, 보이지 않는 시공을 넘나드는 망원경의 눈, 소재가 지니고 있는 색깔, 냄새, 모양, 원소, 용도 등을 종합적으로 분석해내는 프리즘과 같은 눈, 역사적, 문화적 배경을 찾아내는 잠망경과 같은 눈, 사물을 균형 있게 바라보는 쌍안경과 같은 눈을 가져야 한다."는 박양근의 말처럼 작가는 이미 대상을 제대로 탐구해서 소재를 의미화 하였기 때문에 작가가 노파심에서 중언부언 결론을 다시 각인시킬 필요가 없다는 것입니다. 독자는 문맥에서 또는 행간에서도 스스로 깨달을 수 있기 때문입니다.

12. 글쓰기는 발견하는 일, 깨닫는 일에서부터 시작됩니다.

어제와 다르지 않은 오늘이지만 분명 그 가운데는 변화가 감지될 것입니다. 육안으로 관찰할 수 있는 변화이든, 심안으로 느끼는 차이이든 대상이 자신의 삶 속에 어떻게 투영되고 있는지, 그리고 자기 자신을 그 대상에 투사해보는 즐거운 사색을 도모해볼 일입니다.

에세이(essay)의 어의가 '시도하다'에 있음은 대상에 대한 평가의 시도이든, 쓰기 자체의 시도이든, 자기성찰에 따른 변화까지 시도하는 실천자여야 합니다. 글쓰기의 자세는 곧 삶의 자세가 될 것입니다. 끊임없이 12계명을 생활에서 시도하고 실천하시기 바랍니다. 글 이상의 열매가 기다릴 것입니다.

覺之者 不如行之者

나는

그 기차를 타고 울므로 향해 여행하였다

나는 그

기차를 타고 울므로 향해 여행하였다

나는 그 기차를

타고 울므로 향해 여행하였다

나는 그 기차를 타고

울므로 향해 여행하였다

나는 그 기차를 타고 울므로

향해 여행하였다

나는 그 기차를 타고 울므로 향해

여행하였다
나는 그 기차를 타고 울므로 향해 여행하였다

이제 나는 울므에 있다
나는 무엇을 해야 하나?

코체비츠의 「울므로 가는 여정」이란 시입니다. 글쓰기는 작가에게 목숨이 붙어있는 한 현재진행형입니다. 시시각각 변화무상한 세상에서 대상을 제대로 읽고 새롭게 쓴다는 것은 참으로 어려운 일입니다. 그러나 다행스러운 것은 우리가 추구하는 것은 정답이 아니라 다양함 속에서 새로운 발견, 새로운 해석을 통하여 의미를 생산해냄으로써 우리의 삶을 보다 윤택하게 만든다는 점에서 글쓰기의 묘미는 배가되는 것입니다.

매년 수백 명의 신인작가가 배출되고 있습니다. 문학인구의 급속한 팽창에 대해 부정적인 견해 또한 만만치 않습니다. 그런데 그 많은 신인작가들이 작가로 살아남아 평생 작품활동을 하는 사람은 10%에도 미달한다는 사실에 주목해야 합니다. 혼신의 힘을 기울인다면 여느 작가의 보통을 능가하는 작품 한두 편쯤이야 누구나 쓸 수 있을 것입니다. 하지만 작가의 칭호를 받았다면 작가의 길이 설사 가시밭길이라 하더라도 마다하지 않고 기꺼이 가야합니다.

작가는 우리의 삶에서 느슨해진 나사를 조이듯 나날이 자기를 성찰해야 합니다. 특히 슬픔과 고통, 이별 등 우리가 살아가면서 회피하고 싶은 것들을 기꺼이 수용하고 승화시킬 줄 아는 낮은 자세를 가져야 합니다.

知之者 不如好之者
好之者 不如樂之者

논어에서 공자는 '알기만 하는 사람은 좋아하는 사람만 못하고, 좋아하기만 하는 사람은 즐기는 사람만 못하다고 하였습니다. 여기에 덧붙인다면

樂之者 不如書之者
書之者 不如覺之者
覺之者 不如行之者

즐기기만 하는 사람은 쓰는 사람만 못합니다. 쓰는 사람은 깨닫는 사람만 못하고, 깨닫는 사람은 행하는 사람만 못하다 할 수 있겠지요. 즐겨 쓰고 깨닫고 행하는 문학이 되어야 할 것입니다.

깨달음을 실천하는 문학

세상에 대해 무언가 생각이 넘쳐날 때 우리는 목구멍까지 올라오는 말을 삼키기 어렵습니다. 들려주고 싶은 말은 우리가 '본 만큼'의 세계일 것입니다. 그러나 글로 옮길 때는 현실을 점검하고 향후의 대안까지 살펴야 하는, '보려고 하는 만큼'의 세계를 적게 됩니다.

작품 속에서 생각했던 작가의 모습이나 삶을 들여다보면 실망을 감추지 못할 때가 많다는 이야기를 종종 듣습니다. 심한 경우, 문인은 특히 수필가는 위선자이거나 이중인격자일 지도 모르겠다며 성토하는 이도 있습니다. 대부분의 수필에서 결론이나 주제는 자기반성적 다짐이어서 성인군자 못지않은 인격자로 생각하다가 생활을 들여다보면 평범한 이웃집 아저씨와 다를 바가 없다고 말합니다.

수필 쓰기는 여자들의 화장에 비유될 수 있습니다. 화장품이 무엇입니까. 결점을 감추는 재료입니다. 자기 얼굴에 어떤 질서를 부여하느냐와 마찬가지로, 카오스의 세계에 작가가 부여하는 질서, 즉 의미화에 따라 독자는 거부감 없이 감동이라는 터널로 기꺼이 들어가 작가 의도에 동참하게 됩니다.

수필이 문학과 예술의 하위 범주에 속하고 보면, 있는 그대로의 신상명세서나 고백록이 아니라는 점을 독자는 먼저 인지해야 합니다. 즉 작품과 작가를 일치시키는 데는 무리가 따른다는 것입니다. 그렇다고 수필가에겐 이중인격자나 위선자의 가능성을 감안해야 한다는 말은 더더구나 아닙니다.

글쓰기는 신으로부터의 축복인 동시에 쓰지 않고서는 배길 수 없는 천형이라는 말이 있습니다. '살기 위해 쓰는 것이 아니라 쓰기 위해 산다'는 페루의 저항작가 마리오 바르가스 요사는 군사정부가 제안한 총리직을 거부할 정도로 글쓰기와 삶을 동일선상에 놓고 살았습니다. 동화작가 정채봉 역시 '피를 찍어서 글을 쓴다'고 갈파하고 있습니다.

수필 쓰기는 세상을 읽는 또 하나의 렌즈입니다. 이때 포착된 대상은 대상 그 자체로 존재하는 것이 아니라 의미와 만나게 됩니다. 수필가는 새롭게 발견해낸 이 의미를 독자에게 전달하는 것으로 그 사명을 다하는 것이 아닙니다. 자기 삶의 변화를 수반하는 실천자가 되어야 합니다.

에세이(essay)의 어의가 '시도하다'에 있음은 대상에 대한 평가의 시도이든, 쓰기 자체의 시도이든, 자기성찰에 따른 변화까지 시도하는 실천자여야 한다는 것입니다.

　깨달음에서 행동으로의 연결이 그리 쉬운 일은 아닐 것입니다. 시간이 걸리더라도 종국적으로 수필가는 문학을 통하여 구도자적 실천과정에 기꺼이 삶을 던져야 할 것입니다.

함께 가는 길

　돌고 돌아서 어렵게 수필의 길에 입문하신 분들에게 드리는
글입니다.

　생업의 전선에서, 자리를 잡을 때까지 글쓰기는 잠시 후순위로 미
루어 두셨겠지요. 결혼을 하고, 자녀를 낳고, 잠시 미루어 두었던 글
쓰기가 삶의 한가운데에서 좀체 앞으로 나서지 못 했습니다. 지금
컴퓨터 자판을 두드리고 있습니다만 당신은 언제고 글쓰기보다 급
한 일이 생겨 컴퓨터를 꺼야할지도 모릅니다.

　오랫동안 갈망해오던 글쓰기이건만 글쓰기에 대해 공부하면 할
수록 자신의 글은 더 초라하게 느껴질 것입니다. 이것도 글이 될까
하는 자괴감마저 들기도 합니다. 학습을 통해 눈높이가 높아졌기
때문이라고 해도, 수긍은 잠시이고 주저앉고 싶을 때가 더 많을 것
입니다. 잠시 글에서 손을 놓으니 이만큼 편할 데가 없습니다. 하지

만 며칠이 지나면 밀려오는 허전함은 글쓰기의 고통에 비할 바가 못 됩니다.

막상 쓰려니 자신을 드러내는 일이 왜 그리 어렵습니까. 글을 살리자니 나를 벗겨야 하고, 때로는 가족이나 이웃을 좋지 못한 사람으로 만천하에 공개하는 일인 것 같아 마음이 편치 않습니다. 수필은 사실의 전사가 아닙니다. 주제를 살려줄 만한 체험의 한 단면을 마중물로 하여 삶을 해석하고, 나름 세상에 대해 의미를 부여했는데도 위선적인 글을 쓴 것은 아닌가 하는 마음도 떨쳐버릴 수가 없습니다.

어설픈 글이라도 한 편 써놓고 나면 마음은 후련하지만 발표를 하려니 께름칙하게 느껴집니다. 이리저리 사람들의 마음을 다칠지도 모른다는 생각이 들기도 합니다. 그리고 무엇보다도 아직 나의 글을 세상에 내보내기에는 너무나 부족하다고 느끼는 이들이 많습니다. 모두가 과정이라 생각하시고 한 발 한 발 내디디십시오. 그런 계단을 밟지 않고 바로 정상에 닿을 수는 없으니까요.

좋은 작가가 되기 위해서는 글쓰기를 인생의 1순위에 두셔야 합니다.

글쓰기는 우선 세상을 바르게 읽는 것을 전제합니다. 그래야 자신이 읽은 대상에 대하여 제대로 가치와 질서를 부여할 수 있겠지요. 그리고 세상 속에서 조화로운 삶을 살 수 있을 것입니다. 글쓰기를 삶의 1순위에 두셔야 하는 연유입니다.

글쓰기의 눈으로 세상을 바라보면 급한 것, 중요한 것, 그리고 우선순위가 눈에 보입니다. 글쓰기는 나의 삶을 변화시키고, 나의 삶은 또 좋은 글을 생산해낼 것입니다.

제대로 익지 않은 글을 세상에 내놓기가 주저되실 것입니다. 아니 세상에는 완벽한 것은 없겠지요. 현재의 내 모습, 내 글의 수준이 나의 미래는 아닙니다. 일기장을 불태우라 했듯이, 남에게 보여주지 않는 글은 발전할 수 없습니다. 좌충우돌, 엎어지고 깨지면서 나의 글도 성장할 것입니다. 모든 것은 과정에 불과합니다. 작가가 살아 있는 한 그의 작품은 습작입니다. 시간이 지나고, 장소가 바뀌면 언제든 더 나은 방향으로 고쳐질 수 있습니다.

비록 미숙한 글을 읽는 독자분들도 텍스트 속에 웅크린 진솔한 메시지에 귀와 가슴을 열어야 할 것입니다. 앞으로 어떤 변화와 발전을 가져올지 지켜보면서 격려를 잊지 않아야 할 것입니다.

글쓰기, 그것은 머나먼 여정입니다.

빨리 가려면 혼자가 더 나을 것입니다. 하지만 우리는 멀리 가야 하기에 함께 갈 도반, 훌륭한 독자가 필요합니다.

왜 초심이어야 하는가

초심을 잃지 않아야 합니다.

성취의 문턱을 넘나들거나 이미 도달하여 안주하는 사람들이 흔히 듣는 말입니다. 도대체 초심에는 어떤 신비의 힘이 있는가. 그리고 문학인들에게 초심은 어떤 의미를 갖는가.

글쓰기는 깨닫는 데서부터 시작합니다.

전과 다른 그 무엇, 발견의 기쁨이야말로 글쓰기의 무한한 에너지입니다. 한 시대를 관통하는 사상에는 이르지 못하더라도 나름 독창성을 갖습니다. 글 속에는 그 희열을 독자에게 깨우치려는 작가의 의지가 담깁니다. 깨달음도 풀어놓고 보면 인간 삶의 한 부분이지, 결코 새로울 것이 없을지도 모릅니다. 독자는 작가가 진지하고 심오하게 깨달았던 철학에는 좀체 관심을 보이지 않습니다. 이를 어떻게 심미적으로 정서화하여 감동과 재미를 유발할 것인가, 작가의 고민은 깊어질 수밖에 없습니다.

이른바 교시성이냐 쾌락성이냐, 혹은 그 비중과 균형을 어떻게 조정할 것인가를 두고 문학청년 시절 이후 지금까지 수도 없이 고심했을 것입니다. 모두 독자에 대한 배려입니다.

글을 오래 쓰다 보면 가슴으로 느껴지는 감동보다 머리로 글을 짜맞추어야 할 때가 있습니다. 매너리즘에 빠진 것입니다. 딱히 건질만한 감동도 없고, 그만큼 글도 삶도 신선할 게 없어서입니다. 이러한 때 초심으로 돌아가야 합니다. 삶 속에서도 최선을 다하였지만 무언가 잘못이 발견되면 어디에서부터 단추를 잘못 끼웠는지 피드백을 합니다. 글쓰기에서는 초심으로 돌아가는 것이 가장 확실한 방법이기 때문입니다.

작가가 빠지기 쉬운 오류 중 하나가 자신도 모르는 사이에 권위적이 되어 간다는 것입니다. 말에, 목에 힘이 들어갈 때 글의 진정성은 그만큼 훼손되기 쉽습니다. 야구 선수가 공을 멀리 보내려고 할 때 힘을 빼야 합니다. 힘주어 제대로 될 일은 없습니다. 글 또한 마찬가지입니다. 하심으로 내려서야 글은 진정성으로 가득 찹니다.

초심을 잃지 않는다는 것은 동심의 눈을 간직한다는 뜻입니다.

많은 문학청년들을 만납니다. 문학 입문기의 싱그러웠던 그 순수는 왜 바래지는가. 결혼 승낙을 앞둔 신랑신부처럼, 세상에 첫발 내딛는 아가처럼 호기심과 설렘으로 빛났던 문청들의 아름다운 모습은 세월이 흘러도 내 가슴 속에서 지워지지 않습니다. 거기에서 우러나온 향기의 근원은 세상에 대한 따뜻한 시선과 겸손이었습니다. 문학인의 길을 걸으면서 이 아름다움은 계속 빛나야 할 것이지만, 세상 때는 어쩔 수 없나 봅니다. 나 역시도 문청시절의 풋풋함을 잃은 지 오래입니다.

이해관계와 욕심, 교만이 가득 찬 눈으로는 세상 속에 깃든 아름다운 진실을 볼 수 없습니다.

초심에는 부드럽지만 무한한 에너지가 내재되어 있습니다. 아스팔트 포장을 뚫고 올라오는 새싹의 힘을 봅니다. 폭발력 넘치는 생체에너지를 느낍니다. 작가는 글쓰기에 입문할 때의 그 에너지를 잊지 말아야 할 것이며, 끝까지 이어나가야 합니다.

초심으로 돌아가, 더 낮은 곳으로 시선을 둘 때 세상은 새롭게 보일 것입니다. 그리고 우리는 영원한 문학청년으로 거듭 태어나는 것입니다.

춘 래 불 사 춘

　지난겨울은 유난히 춥고 길었습니다.

　지구온난화의 부작용 덕이라도 기대했건만 수은주는 연일 영하 1,20십 도를 밑돌았고 삼한사온마저 실종되었습니다. 그 혹한을 이겨내고 매화가 봉오리를 터트릴 태세입니다. 개울에는 얼음장 밑으로 물 흐르는 소리가 들립니다. 도저히 올 것 같지 않던 봄의 손짓이 느껴집니다. 곧 매화 향기 사방에 휘날리고, 남으로부터 꽃소식이 북상할 것입니다.

　봄비가 언 땅을 녹이고, 봄꽃이 만발해도 봄을 빼앗긴 이들이 있습니다. 그들의 겨울은 유난히 추웠습니다. 복수초보다 두 달이나 더 빨리 고개를 내밀어야 했던 그들은 영영 추위에 갇히고 말 것인가. 제도의 희생자, 그들은 바로 신춘문예 낙방생들입니다. 혹한에 고개를 내밀었다가 끝내 꺾일지도 모른다는 것을 예측하지 못한 바는 아니겠지만 그들은 후속 추위에 더 질려 있습니다.

신춘문예는 1920년대 문학시장과 문단이 형성되려던 시기에 역량있는 신인작가를 적극적으로 발굴하기 위한 등단제도 중의 하나입니다. 1914년 12월 10일자 '매일신보'의 신춘문예모집을 필두로 '동아'와 '조선'이 각각 1925년과 1928년 신춘문예를 실시한 이래 지금은 20여 개의 신문사에서 경쟁적으로 실시하고 있습니다.

기성 선배문인들이 만든 틀에 갇히지 않고 전통적인 형식을 파괴하면서 새로운 반란을 시도해야 합니다.

새해 첫날 도하 신문들은 약속이나 한 듯이 몇 개의 지면을 신춘문예 당선작과 심사평, 당선소감으로 도배를 합니다. 신문에 따라서는 새해 이삼 일 동안은 이런 당선작 퍼레이드가 지속됩니다.

신춘문예는 문청이나 문학소녀들에게는 물론, 삶의 의미를 돌아보게 되는 중년들에게 문학의 렌즈로 자신의 삶을 반추해보게 합니다. 이렇게 국민들에게 문학에의 향수를 지속적으로 불러일으키고 있는 신춘문예는 대중문화의 범람 속에서 문학의 위상을 지키는 일에 크게 기여해 왔습니다. 뿐만 아니라 문학 지망생들에게는 우리 문학의 향방을 가늠할 수 있게 해왔습니다. 그리고 많은 신춘문예 출신 작가들이 한국문단에서 그 역량을 충분히 발휘하고 있습니다.

그러나 '신춘문예 한 세기'를 눈앞에 둔 시점에서 새로운 방향을 모색해보는 것도 나쁘지는 않을 것입니다.

신춘문예는 거의 한 세기 동안이나 성공적인 흥행을 이어왔으며 앞으로 이 기세는 좀처럼 꺾일 기미를 보이지 않습니다. 하지만 심사에 있어서 넉넉한 시간으로 작품 하나하나에 대해 충분히 고심할 수 있었을까 하는 문제를 제기하지 않을 수 없습니다. 그 많은 작품 중에서 주마간산으로 줄 세우기를 통해 한 편을 뽑는 일이 과연 계량적으로 가능한 일일까. 예심제도를 운용한다고 할지라도 선자의 기호가 작품을 뽑는 데 작용하지 않을 수는 없습니다.

심사의 공정을 기하기 위해 심사위원은 추후 발표한다고 하면서 연년 같은 사람으로 하거나, 한 사람이 두셋 혹은 서너 매체의 심사를 하는 경우도 있습니다. 과연 새로운 바람, 다양성을 기대할 수 있을지 의문입니다.

신춘문예에도 재수 삼수를 일삼다 보면 소위 신춘문예용 작품에 매달리게 됩니다. 이는 오히려 신진작가의 앞날을 크게 망치는 일이기도 합니다.

낙방자들이여!

화려하게 등단했지만 발표지면이 없어서 등단과 동시에 사라져야 하거나 문단의 미아가 되는 이들이 많습니다. 뿐만 아니라 화려한 등장이 이후 작품 활동에서 크나큰 부담으로 작용하여 아예 더 이상 창작활동을 지속하지 못하는 경우도 비일비재합니다.

도저히 승복할 수 없는 패배라 여겨진다면 한 번 더 웅크려야 합니다. 아니면 당신에게 걸맞는 패기와 실험정신을 최대한 살려 자신의 길을 가야 합니다. 신춘문예는 당신의 문학에서 한 번쯤 겨뤄볼

장은 되지만 목표는 아닙니다.

　문인들의 방담에서 들은 이야기입니다. 노벨문학상 수상자들이 한국과 같은 신춘문예 풍토에서라면 과연 노벨상을 받을 수 있었을까. 새겨들을 일입니다.

　당신의 발뒤꿈치에서 서성이고 있는 문학의 봄을 결코 놓지지 마시기 바랍니다.

몸이 시키는 대로 쓰다

80년대는 우리나라에 '마이카 드림'이 실현되는 시기였습니다. 반신반의했던 필자는 자가용이 주어진다 할지라도 손수 운전을 하리라 상상을 하지 못했습니다. 도로사정에 맞추어 핸들을 정확히 꺾는 것은 고도의 정확성과 순발력을 요구하기에 나로서는 불가능한 일이라 지레 겁을 먹었습니다. 커브를 돌 때 뒷바퀴가 도로에서 벗어나지 않도록 때맞추어 핸들을 꺾는 일이 어디 쉬운 일이겠습니까. 마이카 붐의 파도를 거스를 수 없어 자가운전자가 되고 보니 생각보다 쉬웠습니다. 자동차는 차로를 벗어나는 일이 없을뿐더러, 뒷바퀴에 눈이라도 달린 듯 좁은 산비탈 커브길도 용하게 나아갔습니다. 머리로 하는 계산에 의존하여 운전이 이루어지는 것이 아니라 몸이 시키는 대로 절로 핸들이 꺾이는 것입니다. 물론 끊임없이 반복한 숙련의 결과이겠지요.

몸이 시키는 대로 맡겨야 하는 일이 운전만은 아닐 것입니다. 발걸음을 옮길 때도 우리는 발밑을 주시하지 않습니다. 발이 절로 돌부리나 웅덩이를 피해 갑니다. 일일이 생각하여 머리에 보고하고 두뇌로부터 명령을 하달받아 몸이 움직이는 게 아닙니다.

글쓰기도 이 같은 것이 아닐까요.

물론 많은 시간을 주제에 대해 사유를 계속해야 하겠지요. 그리고 책상머리에 앉으면 이제까지 쌓아온 체험, 독서, 지적 배경, 견문, 메모 등이 여러 코의 거물에 채이듯이 거침없이 글로 탄생하는 것이 아닐까요. 막상 필을 들어보면 오랜 시간의 사유는 온데간데없고 대개의 경우 보다 멋진 생각들이, 의도했던 것보다 훨씬 더 효과적인 설득방법으로 글을 구성해나가게 됩니다. 운전의 기술이 여러 관문을 거치고 숙달에 숙달을 거듭한 결과이듯이, 글쓰기 또한 습작에 습작을 거듭하여야 누에고치에서 실이 뽑혀 나오듯 글이 절로 나올 것입니다.

특히 한 줄도 나아가지 못하고 몇 시간이고 책상머리에 앉아 있어야 할 때는 고역이 아닐 수 없습니다. 글 쓰는 이라면 경험했음직한 일입니다. 머리를 짜내도 마땅히 좋은 생각은 떠오르지 않고 시간만 죽이는 일이 어디 한두 번이었을까요. 그래도 일단 책상머리에 앉아 연필을 들고 무언가 끄적이기 시작하면 어떤 결론에 이를 것입니다. 물론 이런 경우 충분히 잠을 재워 숙성시키고, 퇴고하는 과정에 더 신경을 쏟아야 하겠지요.

옛 사람이 높은 선비의 맑은 향기를 그리려 하되, 향기가 형태 없기로 난을 그렸던 것이다. 아리따운 여인의 빙옥(氷玉)같은 심정을 그리려 하되, 형태 없으므로 매화를 그렸던 것이다. 붓에 먹을 듬뿍 찍어 한 폭 대를 그리면, 늠름한 장부, 불굴의 기개가 서릿발 같고, 다시 붓을 바꾸어 한 폭을 그리면 소슬한 바람이 상강의 넋을 실어 오는 듯했다. 갈대를 그리면 가을이 오고, 돌을 그리면 고박한 음향이 그윽하니, 신기가 아니고 무엇인가. 그러기에 예술인 것이다.

종이 위에 그린 풀잎에서 어떻게 향기를 맡으며, 먹으로 그린 들에서 어떻게 소리를 들을 수 있는가. 이것이 심안(心眼)이다. 문심(文心)과 문정(文情)이 통하기 때문이다. 그러기에 백아(伯牙)가 있고, 또 종자기(鐘子期)가 있는 것이 아닌가. 이 뜻을 알면 글을 쓰고 글을 읽을 수 있다.

글을 잘 쓰는 사람은 결코 독자를 저버리지 않는다. 글을 잘 읽는 사람 또한 작자를 저버리지 않는다. 여기에 작자와 독자 사이에 애틋한 사랑이 맺어진다. 그 사랑이란 무엇인가. 시대의 공민(共悶)이요, 사회의 공분(公憤)이요, 인생의 공명(共鳴)인 것이다.

문인들이 흔히 대단할 것도 없는 신변잡사를 즐겨 쓰는 이유는 무엇인가. 인생의 편모와 생활의 정회를 새삼 느꼈기 때문이다. 속악한 시정잡사도 때로는 꺼리지 않고 쓰려는 것은 무슨 까닭인가. 인생의 모순과 사회의 부조리를 여기서 뼈아프게 느꼈기 때문이다.

자연은 자연 그대로의 자연이 아니요, 내 프리즘을 통하여 재생된 자연인 까닭에 새롭고, 자신은 주관적인 자신이 아니요, 응시해서 얻은 객관적인 자신일 때 하나의 인간상으로 떠오르는 것이다.

감정은 여과된 감정이라야 아름답고, 사색은 발효된 사색이라야 정(情)이 서리나니, 여기서 비로소 사소하고 잡다한 모든 것이 다 글이 되는 것이다.

의지가 강렬한 남아는 과묵한 속에 정열이 넘치고, 사랑이 깊은 여인은 밤새도록 하소연하던 사연도 만나서는 말이 적으니, 진실하고 깊이 있는 문장이 장황하고 산만할 수밖에 없다. 사진의부진(辭盡意不盡)의 여운이 여기 있는 것이다.

깊은 못 위에 연꽃과 같이 뚜렷하게 나타나면서도 바닥에 찬 물과 같은 그림자가 어른거리고, 물밑의 흙과 같이 그림자 밑에 더 넓은 바닥이 있어 글의 배경을 이룸으로써 비로소 음미에 음미를 거듭할 맛이 나는 것이다. 그리고는 멀수록 맑은 향기가 은은히 퍼지며, 한 송이 뚜렷한 연꽃이 다시 우아하게 떠오르는 것이다.

나는 이런 글이 쓰고 싶고, 이런 글이 읽고 싶다.

― 윤오영, 「쓰고 싶고, 읽고 싶은 글」

피천득은 윤오영에 대해서, "그의 수필은 소재가 다양하다. 그는 무슨 제목을 주어도 글다운 글을 단시간 내에 써낼 수 있다. 이런 것을 작자의 역량이라고 하나, 보다 평범한 생활에서 얻는 신기한 발견, 특히 독서에서 오는 풍부하고 심오한 체험이 그에게 많은 이야깃거리를 제공한다. 그리고 이 소득은 그가 타고난 예민한 정서, 예리한 관찰력, 놀랄 만한 상상력, 그리고 그 기억력의 산물이다."고 평한 바 있습니다.

윤오영이 말하고자 하는 「쓰고 싶고, 읽고 싶은 글」은 작가가 쓰기 전에 요점을 미리 메모했을지는 모릅니다. 아마도 써 나가면서 문심과 문정으로 소통할 수 있는 완벽에 가까운 생각에 이르렀을 것입니다.

습작 초기 글쓰기가 막막할 때는 자신이 원하는 스타일의 작품을 필사하거나 워드로 치는 훈련을 많이 합니다. 일반적으로 사유의 속도는 무한히 빠르고 쓰기의 속도는 느리기에 이 괴리를 해결하는 데 도움이 됩니다. 머리와 손, 지성과 감성이 유기적 보조를 맞추기 위한 방법이지요.

역량 있는 작가의 글들은 이론의 중무장으로 얻어진 것이 아니라, 쓰고 또 쓴 노역의 결과라 해도 과언이 아닙니다. 평소 글을 쓰기 위한 배경의 성을 든든하게 쌓아야 함은 물론, 또 한편으로는 쓰는 일이 곧 습관이 되도록 꾸준히 몸을 길들여야 합니다. 그래야 몸이 시키는 대로 운필할 수 있습니다. 물론 이때 몸은 감성과 지성까지 아우르는 것이지요.

수필인구의 팽창, 어떻게 볼 것인가

수필문단의 팽창에 대하여 곱지 않은 시선을 느끼는 사람이 안팎으로 많습니다. 물론 수필계에 대한 애정어린 충정으로 볼 수도 있지만, 오히려 수필에 입문하는 사람들에게는 굳이 수필 장르를 선택하여 뼈를 묻어야할까 회의에 빠지게 합니다.

'붓 가는 대로' '무형식의 형식성'이란 작가 개성을 존중한다는 열린 생각은 유인 미끼였고, 허구를 배제한, 체험을 위주로 하는, 자기 고백……, 이쯤 되면 입문자들은 거추장스럽고 고리타분한 굴레가 너무나 갑갑하게 느껴질 것입니다. 작가가 피력하려는 주제의식보다는 이중인격자, 위선자로 내몰릴 개연성도 배제할 수 없습니다. 독자나 동료작가들은 적나라한 노출에 박수를 보내기도 합니다. 사실의 전사가 아니라면서 은근한 자기노출의 요구, 그 장단에 맞추어 노출을 거르지 않은 채 발표하여, 문단에서는 호평을 받았으나 작가자신은 살아가면서 두고두고 마음앓이를 할 수도 있습니다.

미디어 환경의 급속한 변화로 활자의 종언, 문학의 종언이 제기된 것이 오래 전의 일이며, 지금도 거기에 뜻을 같이 하는 사람들이 많습니다. 범람하는 영상물의 홍수, 인터넷과 통신, TV 등의 융합 속에서 활자가 설 자리와 기능은 점차 위축되어 가고 있는 것이 현실입니다.

그럼에도 불구하고 수필인구는 팽창일로에 있습니다. 수필가라는 문패를 걸려는 사람들, 그들이 진정 원하는 바는 무엇일까.

IMF와 글로벌리즘이 우리에게 가져다 준 가장 큰 관심사는 경쟁력이었습니다. 그 경쟁력의 위력 앞에서 약육강식이 도처에서 무자비하게 이루어지고 있습니다. 독립채산제, 성과급이란 미명으로 실직, 빈곤층으로 내몰리는 이웃이 얼마나 많았던가. 반면에 이들을 비웃기라도 하듯 경쟁력 높은 집단으로 줄 하나 잘 선 이유로 IMF 이전보다 훨씬 더 누리며 위기 속에서 기회를 얻은 이들 또한 많습니다. 이러한 줄긋기 현상은 얼마나 더 지속될지 아무도 장담할 수 없습니다.

내 이익을 나누어 더 큰 공동이익을 추구하기보다는 불안한 미래를 앞세워 자신의 이익 지키기에만 급급합니다. 현실에 안주하려는 현상은 생존의 장에서만 아니라 문화공동체에서조차 진입장벽을 높이 쌓아야 한다고 목소리를 높이고 있습니다. 약자를 위한 공간은 어디에도 없습니다.

수많은 기업이나 대학의 학과들이 통폐합되었거나, 지금도 사라져가고 있습니다. 숲에서 작은 나무, 심지어 풀뿌리들이 사라지고 난 뒤에 큰 나무들만 남았을 때를 가상해봅니다. 강한 비바람이 몰아칠 때 그 큰 나무들을 지켜주고 있는 것은 힘센 자신이 아니라 이름 모를 잡풀과 거목이 거느리고 있는 작은 나무들의 뿌리입니다. 당장 취업이라는 현실의 관문 앞에서 경쟁력이 낮다는 이유로 대부분의 대학에서 인문학 교육은 고사상태를 면치 못하고 있습니다.

그러나 상아탑 바깥에서는 인문학 강좌가 붐을 이루고 있습니다. 인간과 사회를 이해하는 데 보다 깊은, 보다 넓은 통찰 위에서 급변하는 현대사회를 살아가고자 하는 사람들의 소박한 바람에서 그 원인을 찾을 수 있습니다. 아무리 시대가 급변하더라도 문·사·철을 통하여 그 시대에 맞게 재해석하는 과정을 밟음으로써 현대사회에 유연하게 대처해 나갈 수 있다고 믿는 것입니다.

수강자 스스로가 고액의 수강료를 부담해야 하지만 이런 강좌가 넘쳐나는 이유는 무엇일까. 물론 2-30대보다는 4-50대의 중년들에게 인기가 있습니다. 이들 역시 대학에서 충족받지 못한 인문학의 갈증을 사회생활에서 크게 느꼈기 때문일 것입니다. 당장 직장을 얻는 데는 전문지식이 필요했지만 구성원들과 보다 행복하게 살기 위해서는 이웃과 잘 소통해야 하고, 통찰의 지혜, 화합의 지혜를 얻기 위해서는 인문학이 절실히 필요하다는 것을 깨달은 것입니다.

수필 강좌 또한 인문학 강좌처럼 제도권 학교 교육에서는 소홀히 다루어져 왔습니다. 수필가의 양산을 수필창작교실과 문예지의 출현으로 보고 있는 사람들이 많습니다. 물론 틀린 말은 아닙니다. 하지만 수필창작교실이 수필가들을 양산하고, 문예지가 신인작가를 앞다투어 배출한다할지라도 그 끝은 유한할 수밖에 없다. 그럼 이렇게 오랫동안 수필가가 되겠다고 줄을 서는 연유는 어디서 오는 것일까.

그 동인은 상아탑 안에서보다 상아탑 바깥에서 호황을 누리는 인문학강좌와 별반 다르지 않을 것입니다. 각박한 삶 속에서 찌들지 않을 수 없는 현실 속의 '나' 자신과 지금은 닿을 수 없지만 불원간 실현하고야 말려는 '자아' 사이에서 몸부림치는 자신을 치유하고 위무할 수 있는 것은 다름 아닌 글쓰기, 수필창작입니다. 비록 그가 생산하는 글이 남들에겐 미숙 그 자체이더라도, 힘들고 지친 상처받은 자신의 삶에서는 그 글이 한줄기 빛이요, 다음 여정을 위한 청량제일 것입니다. 수필가의 명패가 탐나서가 아니라 이런 믿음과 깨달음에 대한 희열로 글을 써다보니 어느 날 수필가가 되었을 것입니다.

수필가의 양산은 수필작품의 질적 저하를 초래할 것이고, 악화가 양화를 구축하듯 이는 다시 독자들의 수필 무관심으로 이어져 수필 무용론의 나락으로 떨어질 가능성도 있겠지만, 질적 성장을 위한 과정이며 성장통입니다.

수필가는 인구 15,000명 중 1명꼴로 희소가치가 있습니다. 현재 우리나라에서 활동하고 있는 의사가 인구 600명 당 1명이고 보면 우려

할 만큼 큰 수는 결코 아닐 것입니다. 더구나 인구 중 대대수가 농업이나 노동에 몸담았던 70년대와 비교하는 일은 더구나 옳은 지적이 아닙니다. 40년이 지난 오늘날엔 대부분의 직업군이 화이트칼라 영역으로 재편되어 글을 읽고 쓸 기회와 시간적 여유가 많아졌습니다. 문화 예술 활동과 소비에 있어서도 소비자인 동시에 생산자, 생산에 관여하는 소비자인 프로슈머(prosumer)의 시대에 진입한 지 오래입니다. 독자보다 작가가 많은 세상, 애써 작품을 써도 읽어줄 독자가 없는 세상, 작가로서는 안타깝기 그지없습니다. 그렇다고 너만은 충실한 독자노릇만 하라고 강요할 수는 없습니다.

문학판에서의 진입장벽이 낮아졌다고 불평하는 일은 문인이라는 선민의식의 발로요, 기득권을 고수하려는 의도로밖에 볼 수 없습니다. 수준이 낮은 작품이라고 쓰지 말라는 것은 횡포입니다. 다만 그런 질 낮은 작품의 발표와 발간으로 인하여 장안의 지가가 영향을 받지 않도록 노력해야 합니다. 잡지 편집자들은 작품의 게재와 유통에서 게이트키핑을 철저히 하여 아마추어 수준의 문예작품이 판을 치도록 내버려 두어서는 아니 됩니다.

문학판에서의 여성화 역시 자연스럽게 받아들여야 합니다. 여성 취업인구가 남성 취업인구를 앞지르고 있습니다. 또한 감동의 생산과 분배 과정 또한 남성보다는 여성이 더 적합하다 할 것입니다. 문학교실에서의 여성화 고령화는 다만 유휴시간이 그들에게 할애되어지기 때문입니다.

그리고 한 집 건너 한 사람씩의 문인이 나오더라도 절대적으로 말리지 말아야 할 절체절명의 시대를 우리는 살고 있습니다. 글로벌화, 인터넷화로 소수민족의 언어가 눈에 띄게 소멸해가고 있으며, 세계 언어는 영어로 쏠리고 있습니다. 우리도 모르는 사이에 이미 모국어 수난 시대는 도래하였습니다. 영어 교육에 들어가는 교육예산이 국어 교육 예산을 몇 배나 능가하고 있습니다. 한글, 한국어 역시 언젠가 안방을 내어주고 우리의 모국어가 영어가 되지 않는다고 어느 누구도 장담할 수 없습니다.

문인이 위대한 것은 좋은 작품으로 국민들을 감동 교화시켜서만은 아닙니다. 모국어를 지키기 때문입니다. 문장의 문학이라 할 수 있는 수필가들이야말로 우리말을 바르게 갈고 다듬는 모국어의 파수꾼이 아닐까요.

장호병

대구수필, 한국수필 등에 작품을 발표하면서 창작활동을 시작하여 『사랑과 이윤』 (1992, 공), 『웃는 연습』(1993), 『하프플라워』(2005), 『실키의 어느 하루』 (2011), 『너인 듯한 나』(2014) 등의 작품집이 있으며, 평론집 『로고스@카오스』 (2014), 창작 이론서로는 『글, 맛있게 쓰기』가 있다.

'시사랑'을 창립, 1997. 6. 7 제1회 낭송회를 개최한 이래 매월 시낭송회를 10 여 년간 지속하였고, 낭송용 엔솔로지(1~15회)는 월간 ≪시사랑≫으로 이어졌다. 시사랑 운동은 전국적으로 불이 지펴져 곳곳에 시사랑 모임이 생겨났으며, 대구시 교육청의 좋은 시 읽기 운동을 이끌어냈고 초·중·고등학교에서는 시감상을 일상 화하였다. 육군3사관학교에서 2년 동안 호국보훈의 달 시낭송행사를 가지는 등 저 자는 이 땅에 '시사랑 전도사' '시사랑 홍보대사'를 많이 배출하였다.

대구예술공로상, 대구수필문학상, 대구문학상을 수상하였으며, 대구수필가협회 회장과 육군3사관학교 외래교수, 대구과학대학 겸임교수를 역임하였다.

현재, 한국문인협회 저작권옹호위원　국제펜 한국본부 이사
　　　한국수필가협회 이사　　　　　한국수필 자문위원
　　　계간 문학미디어 편집고문　　　문장 주간 겸 발행인
　　　이상화기념사업회 이사　　　　　서강출판포럼 부회장
　　　수필과지성 창작아카데미 대표
　　　도서출판 북랜드 발행인
　　　죽순문학회 회장
　　　대구교육대학교 평생교육원 외래교수로 활동하고 있다.

- E-mail　essayforum@hanmail.net
- 블로그　http://blog.daum.net/essaynlife
　페이스북　http://facebook.com/essaynlife
　트위터　http://twitter.com/yourhalf